KB080016

나는 정신장애 아들을 둔 아버지입니다

나는 정신장애 아들을 둔 아버지입니다

초판 1쇄 발행 | 2021년 1월 25일
초판 4쇄 발행 | 2021년 3월 18일

지은이 | 설운영
발행인 | 이승용

편집주간 최윤호
북디자인 이영은 | **홍보영업** 백광석

브랜드 센세이션
문의전화 02-518-7191 | **팩스** 02-6008-7197
홈페이지 www.shareyourstory.co.kr
이메일 240people@naver.com

발행처 (주)책인사
출판신고 2017년 10월 31일(제 000312호)
값 15,000원 | **ISBN** 979-11-90067-38-6 (03810)

이 도서의 국립중앙도서관 출판예정도서목록(CIP)은 서지정보유통지원시스템 홈페이지(http://seoji.nl.go.kr)와 국가자료공동목록시스템(https://www.nl.go.kr/kolisnet)에서 이용하실 수 있습니다(CIP제어번호:CIP2020055168).

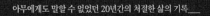
아무에게도 말할 수 없었던 20년간의 처절한 삶의 기록__

나는

정신장애 아들을 둔 아버지입니다

설은명 지음

나 같은 놈을 왜 낳았어요. 차라리 죽여버리지.
"아버지, 저도 살고 싶어요"

속수무책으로 무너져내린 아들의 정신병,
살리겠다는 집념 하나로 기적을 이뤄낸 평범한 아버지의 위대한 실화!

센세이션
SENSATION
WAKE UP YOUR

삶은 살아지는 것이 아니라
살아내는 것이라고

아득한 골짜기를 더듬어 온 것 같이 무겁고 길었던 이야기들이다. 누군가는 써야 한다고 생각했다. 까맣게 잊었다고 생각했던 고통의 흔적들이 솟아올라 울컥거리며 써 내려가야 했다.

조현병으로 삶의 윤곽이 흔들리면서 어두운 심연 속으로 빠져들었던 아들을 지켜보면서 불가해한 인간의 길이 무엇인지를 고민했었다. 절벽에 갇혀 구원의 줄기를 파헤치며 더듬거렸던 것 같다.

정신이 아프고 삶이 외롭고 무의미했던 사람들, 그 삶을 온전히 짊어지고 갈 수밖에 없는데, 견뎌낼 수 없어서 고사되고 삶의 감각마저 무너진 그들의 신음 같은 목소리는 누가 대신 말해줄까를 생각했다.

인간정신의 불완전과 불가능 속에서, 그 숨 막히는 육체에서 벗어나려는 영혼들의 목소리를 내 가난한 언어에 담고 싶었다.

아무도 말하지 않고, 말의 통로가 없어서 말하지 못했던, 침묵 속에 가려진 아픔의 구조 속에서 맥없이 스러져가는 사람들을 보았다.

인간이라면 모두가 겪을 수 있는 질병과 고통에 대해 말할 수 있어야 하고 드러내야 한다. 더 이상 날개 꺾인 새처럼 버려진 사람이 없어야 한다고 생각했다.

정신의 질병으로 사회에서 고립되고 피어보지 못하고 부스러져 내리는 사람들에게 생기를 불어넣어주고 싶었다. "괜찮아, 세상에 완전한 것은 없어, 삶은 살아지는 것이 아니라 살아내는 것이라고."

그들에게 있어 삶은 무엇일까? 어쩌면 커다란 지옥일 수 있고 끔찍한 환영일 수도 있다. 우리의 관심과 따스한 시선은 이 삶이 그래도 살 만한 세상이라는 것을 느끼게 해줄 것이라고 본다.

정신건강에 대한 전문적인 지식이나 식견이 없는 무지로 몇 페이지나 쓸 수 있을까 염려하면서 썼던 글이다. 이 글이 정신의 아픔을 겪는 누군가에게, 어느 한 사람에게라도, 위안이 되고 삶을 살아가게 할 힘이 되었으면 하는 바람이다.

이 책의 출간을 위해 도움을 주신 홍창형 수원시 행복정신건강복지센터장님과 황정우 '우리마을' 지역사회 전환시설장님, 응원하여주신 주위 분들께 감사드린다.

2020년,
투명한 가을 햇살을 바라보면서

목차

1.
그 망할 놈의
보일러 소리

"왜 이렇게 불안하지? 보일러가 과열되어 폭발해버릴 것 같고,
심장이 터져버릴 것만 같아. 숨 막혀 죽을 것만 같아. 숨쉬기조차
힘들어. 너무 답답해."

그 소리들

그것은 소리부터 왔다. 알 수 없는 기괴한 소리는 또 다른 소리를 불러왔고, 그 소리들은 흩어지지 않고 편대를 이루어 수천 마리 벌떼처럼 떼 지어 몰려와 아이를 공습했다.

처음에는 보일러가 부글부글 끓는 소리가 들렸다. 그 소리는 보일러에 귀를 대고 듣는 것처럼 생생하게 들끓었다. 어떤 때는 어렴풋이 가늘게 들렸다. 멀리서 날벌레들이 떼 지어서 날아오는 소리 같았다. 그 소리가 보일러가 끓는 소리인지 벌레들의 울음소리인지 분명치 않았다. 거실을 지나 부엌 구석에 설치된 보일러실의 문을 열고 보일러 온도를 확인했다. 보일러는 아무 문제 없었다.

"이상하다. 그런데 왜 이렇게 보일러 소리가 나지?"

가슴이 뛰고 이마에 식은땀이 났다. 방 안에서 일어섰다 앉기를 몇 번이나 했다. 멈추지 않는 그 소리는 끊임없이 귓속을 맴돌았고, 소리는 사라지지 않았고, 수그러지지 않는 그것들은 해일처럼 숨 막히게 덮쳐왔다. 보일러실 온도 스위치를 확인하고 또 확인했다. 보일러가 폭발할 것 같아 너무 긴장됐다. 심장이 뛰고 호흡이 가빠왔다.

아이는 공부에만 전념했다. 책을 보면서 암기에 집착했다. 이 책을 완벽하게 소화해야 한다는 부담감으로 100% 다 외워야 한다는 무거운 짐을 스스로 짊어 맸다. 완벽해야 한다는 의무감, 옥죄어 오는 부담감 속에서 자신을 채찍질했다. 줄이 끊어질 것 같은 팽팽한 긴장 속에서 해야만 한다는 압박감은 환청을 불러왔다.

그 망할 놈의 보일러 소리 때문에 공부에 집중할 수 없었다. 공부하다가도 일어나 확인해야 했다. 이 지겹기 그지없고 무의미한 동작은 끊임없이 반복되었다. 확인하는 횟수가 많아지면서 공부를 더 이상 할 수가 없었다. 보일러 스위치를 꺼놓았으나 소리는 그치지 않았다.

결국은 지쳐서 자리에 누울 수밖에 없었다. 학교에서도 무수한 땡벌들이 날아다니는 소리는 끈덕지게 따라다녔다. 그 울림 때문에 불안했고 아무것도 집중할 수 없었다.

생애의 모든 기억들이 뒤섞이고, 간직된 기억들은 벌레의 울음소리에 실려서 허공에 떠 다니며 하얗게 지워져나갔다. 머릿속에 가득한 기괴한 소리는 몸속으로 파고들어 모든 의식을 뒤흔들었고 그 어떤 것도 온전히 생각할 수 없게 만들었다.

친구들과 농구를 할 때도, 선생님의 수업 때도 그 벌떼들은 따라다니면서 윙윙 댔다. 귀를 막고 수업시간에 책상에 엎드려 잠을 잤다. 담임선생님이 불러서 면담을 했다. 무슨 고민이 있냐고 물었다. 고민이 없다고 했다. 선생님은 "나도 네 나이 때는 알 수 없는 우울감 때문에 고생한 적이 있다. 한동안 그러다가 괜찮아질 거야." 라며 자기 식의 조언을 끝냈다.

소리들의 공격으로부터 벗어나기 위하여 서울 명동거리를, 동대문

패션가를 걷고 산 속 길도 걸었다. 걸으면 잊힐 줄 알았는데 악마의 속삭임 같은 그 소리는 수그러질 줄 몰랐다. 아무도 알아주지 않는 고통을 피하기 위한 고달픈 몸짓은 지속되었다.

아무한테도 말하지 않았다. 아니 말할 수 없었다. 그래서 더 긴장했다. 결국 학교에 나가는 것을 포기할 수밖에 없었다. 잊고 싶어서 집에서 컴퓨터 게임을 했다. 그리고 잠만 잤다. 그러면서 무력감과 함께 망상이 찾아왔다. 언제부터인지 누군가가 창문으로 자기를 감시하고 있었다. 그것은 환시(幻視)였다.

어둠 속 공간이나 구멍, 또는 틈에서 와락 튀어나올 것만 같은 섬뜩한 그림자들이 어른거렸다. 공포스럽고 흉측한 괴물들은 얼굴을 바꾸어 시간과 공간을 가리지 않고 출몰하였다.

수시로 들리는 소리와 헛것까지 보이는 환상 속에서 아이는 지쳐갔다. 매트릭스같이 뒤틀어지고 조작된 현실을 보고 잠 속으로 도피했다.

잠에서 깨어나면 보일러실과 창문으로 달려갔다. 그리고 어른거리는 기분 나쁜 그림자를 확인해야만 했다. 아이는 환영 속에서 바람에 이는 허수아비처럼 흔들렸다.

어느 정신과 병원을 찾았다. 여러 가지 심리검사를 했다. 여의사는 두뇌 속의 호르몬 중 하나의 물질 분비에 이상이 있다는 이야기를 했다. 입원을 해야 할 정도로 악화한 상황이라고 했다. 약 처방을 받았다. 약을 먹었으나 느낄 만한 차도는 없었다.

사람을 만나기 싫었고 밥 먹는 것도 귀찮았다. 모든 것에서 의욕을 잃어갔다.

세상이 스크린 속에 펼쳐지는 흉측한 공포영화 그 자체였다. 환청
과 환시, 우울증은 쓰나미처럼 아이를 덮쳤고 아이는 아무런 방어막
이 없었다. 한참이나 멀리 세상 밖으로 떠밀려갔다. 잊으려고 다시
잠을 자고 또 잤다.

그것이 아이의 고통인 줄 몰랐다. 한 달, 두 달이 지나도록 아이는
밖에 나가지 못했다. 무엇에 충격을 받아서 저렇게 기분이 좋지 않은
것일까? 아이 안에 무슨 고민이 있어서 꼼짝하지 않고 잠만 자는 것
일까?

아이가 어둠 속에서 하얗게 빛나는 허상의 세계 속에 떠 있다는 사
실을 알 길이 없었다.

20년 동안을 벌떼처럼 따라다니던 피해망상과 불안 속에서 지냈다.
아이는 생생하게 살아 움직이는 헛것들과 헛것이 아닌 것들과의 틈 속
에서 시들어 갔다. 보이는 것과 보이지 않는 것의 뒤섞임은 일상이 되었
다. 그것들은 아이 의식의 바닥까지 흔들어 놓고 초죽음을 만들었다.

아무도 알지 못했다. 아이는 왜곡되고 불투명한 시간과 공간 속에
갇혀, 온 천지가 무너져 내리는 공포 속에 있다는 것을⋯⋯.

삶의 실체가 다 지워지고 불안의 베일 속에서 아무것도 할 수 없었
다는 것을 알기까지는 긴 시간이 흘러야 했다.

2.

아버지, 저도 살고 싶어요

세상이 무서웠고, 사람이 무서웠다.
잠에서 깨어나면 환영들은 살아서 펄떡거렸다.
이렇게 해도, 저렇게 해도 살 수 없을 것 같았다.
뛰어내려야 한다고, 죽어야 한다고, 으깨지고 널브러진 시간들 속에서
죽음은 선명하게 다가왔다.

죽음의 그림자들

내가 왜 태어났는지, 세상을 원망하고 부모를 원망했다.

사는 것도 아니고 죽어있는 것도 아닌 텅 빈 고목나무 속 같은 하루하루는 아이의 정서를 마비시켰다. 망상과 환영들은 기쁨이나 슬픔의 감정과 삶의 의욕들을 앗아갔다.

아이는 다시 침대에 누워 익숙한 침묵 속으로 빠져 든다. 텅 빈 방안에 홀로 남겨진 육신은 고립된 섬 안에 갇힌 듯하다. 아득하게 깊은 밤 같은 시간이었다. 어둠의 날이 지속되었다. 깊은 바다 속 어둠에 갇힌, 절해고도에 혼자 서있는 무서움이었다.

정신을 집중시키고 의식을 찾으려 하면 창문에서 누군가가 들여다보며 비웃고 있었다. 사라진 듯한 보일러의 윙윙 소리가 다시 들렸다. 그것들은 정신을 차릴 때마다 기다렸다는 듯이 되살아나 펄떡거렸다.

환영들을 벗어나기 위해서 아이는 들개처럼 밤거리를 걸었다. 걷다가 지치면 전철도 타고 버스도 타고 이곳저곳을 수도 없이 다녔다. 기분 나쁜 울음소리와 헛것들은 사라지지 않았다. 조각난 기억들은 어둠 속에 떠 있었고, 풀어진 시간 속에서 정신은 아득하고 몽롱했다.

거리에 가득한 사람들의 모습을 보았다. 마치 다른 세상에 떨어진 느낌이었다. 손을 내밀어 구원을 요청하고 싶었지만 손을 잡아주기는커녕, 산산조각 내버릴 듯이 노려보고 있다. 저토록 많은 허깨비 같은 세상 사람들이 육체의 옷을 입고 활보하고 있다는 무서움이었다. 꿈도 아니고 생시도 아니었다.

무수한 홀로그램 속에서 자신은 점점 더 작아져갔다. 기억이 다 지워져버리고 캄캄하게 뭉개어지고 있었다. 눈이 마주치지 않도록 조심해야 했다. 어디론가 도망만 가고 싶었다.

다만 이상한 것은 자신이 뭉개어지는 데 반하여 오히려 사람들은 더욱 선명하게 비웃고 노려본다는 것이다. 그들은 모두 "너는 죽어야 한다."라고 소리쳤다. 환영 속에 도피처는 없었다.

학교와 친구들마저 멀어져 버리고 홀로 낯선 길을 방황하며 죽음만을 생각했다는 아이의 메모장을 보았다. 얼마나 참담하고 외롭고 무서웠을까. 가슴이 타는 듯 아팠다.

살아서 움직이는 자체가 악몽의 연속이었다. 두려움과 불안은 끊임없이 솟구치는 해일처럼 아이를 뒤흔들었다. "사는 게 두렵다고, 더이상 살지 못하겠다고……." 엄마한테 울부짖으며 벽을 두드렸다.

가장 무서운 것은 고립이었다. 빛없는 깜깜한 터널 속에 갇혀 홀로 남겨져 있는 두려움, 그것은 죽음보다 더 무섭고 끔찍한 환영이었다.

똑똑하고 공부에만 전념했던 아이가 어떻게 해서 이렇게 되었을까. 불안의 정적 속에서 아이는 차갑게 굳어갔고 나는 그 고통을 가늠할 수 없었다.

"미쳤어, 돌았어. 나 같은 놈은 죽어야 해." 자기 자신에게 돌을 던지며 모진 학대를 했다. 아이는 속으로 말했고 겉으로 표현하지 않았다. 나와 아이엄마는 입을 닫고 침묵해야 했다. 굳어가는 아이의 속마음이 어떤지 헤아릴 길이 없어서 가슴이 오그라들었다.

우리는 캄캄한 지하 막장 속에서 갇혀 떨고 있는 짐승처럼 불안하고 어두운 눈빛만 주고받았다. 출구 없는 동굴 속에서, 사라지는 희박한 공기 속에서 우리의 언어는 고사되어갔다.

사람들은 가끔 악몽을 꾸기도 한다. 깨어나면 등에 식은땀이 고일 정도로 무서웠던 다른 차원의 세계에서 살아 돌아온 듯한 안도감이 든다. 그것이 꿈이 아니고 지속되는 현실이라면 어떻게 할까. 어쩌면 아이는 현실이 곧 꿈이고 꿈이 현실이 되는, 꿈과 현실의 뒤틀림 속에서 꿈은 꿈이 아니기를 바랐고, 현실은 현실이 아니기를 바랐는지도 모른다.

"제발 좀 어서 깨어나라고…….."
"아버지, 사실은 저도 살고 싶어요. 나 좀 구해주세요. 너무 어두워서 아무것도 안 보여요."

깊은 우물 아래에서 울리는 다급한 아이의 목소리가 들리는 듯했다.

"너는 지금 어디에 있니…… 있니…… 있니…… 있니……."

"여기가 어딘지는 몰라요. 나 좀 깨워주세요."

그 울음 섞인 목소리는 도끼처럼 아비의 가슴을 찍었다. 울음의 파장은 깊고 길었다.

허공 속의 그림자처럼 보이지 않는 고통은 어디서 온 것일까. 부모는 어떻게든 아이에게 도움을 주어야 했다. 그 조바심에 무엇을 어떻게 해야 할지 알지 못했기 때문에 더욱 애가 탔다.

죽음과 같은 고통 속에서 하루하루 살아내는 아이를 바라보는 부모의 가슴도 새까맣게 탔다.

말로만 듣던 정신분열증, 그 어떤 병보다도 부모의 애간장을 태우고 가슴앓이를 하게 만드는 병이라는 것을 처음 알았다. 다른 가족들은 어떻게 견뎌냈을까? 이렇게 보는 것만 해도 참기 힘든데.

"그런 헛것들을 믿으면 안 돼. 그냥 드라마를 보는 거라고 생각해. 절대 믿지 마."

"약을 먹고 참아내 봐, 반드시 좋아질 거야, 좀 나가서 바람을 쐬면 나아질 거야."

아이는 깨어나면 컴퓨터 게임에만 집중했다. 그 순간은 잠시라도 잊을 수 있어서 좋다고 하였다. 그것은 오락을 즐기는 것이 아니라 환영으로부터의 도피였다.

"그것 봐, 네가 다른 것에 집중하면 잊을 수 있어, 다 헛것들이야.
넌 반드시 좋아질 거야."

내 목소리는 벽을 타고 흐르는 공허한 울림으로 되돌아와 가슴을
두드렸다.
아이는 말이 없다. '어떻게 생각하고 있을까?' 제발 좀 속 시원하게
말이라도 했으면, 시원(始原)을 알 수 없는 모래알 같은 환영의 바람
은 도대체 무어란 말인가.
자욱한 안개 속에서 그 윤곽조차 가늠할 수 없었다. 보이는 것은 없
었다. 보이지 않는 것들은 보이지 않아서 피할 수도, 돌이킬 수도,
대비할 수도 없었다. 닿을 수 없는 아득한 공간에서 불어오는 바람의
흔적 같은 것들이었다.

컴퓨터 게임이라도 할 수만 있다면 얼마나 좋은가. 고립된 어둠의
공간을 벗어날 수만 있다면……. 우리가 위안을 가질 수 있는 것은
고작 그것뿐이었다. 몇 마디 말 외에 아무것도 해줄 수 없었다. 부모
가 못나서 아이가 고생한다는 생각에 가슴이 울컥거렸다. 이 참담하
고 고달픈 시련은 언제나 끝날까.
그것은 분명 악몽이지만 잠은 깊었다. 망각되고 허물어져버린 삶을
다시 세우기까지 그 시간은 결코 짧지 않았다.

3.

내가 엄마를
죽일지도 몰라요

"하늘같은 우리 엄마지만 내가 엄마를 죽일 수 있어요.
환청이 들리면 내가 무슨 짓을 할지 몰라요.
밤에 문 걸어 잠그고 주무세요."

엄마의 묵주

수원에 살고 있는 정신장애인 가족을 만났다. 투명한 봄 햇살 속에서 하얗게 센 그녀의 머리카락이 은빛으로 휘날렸다.

두 남매가 2년 간격으로 차례로 조현병을 앓았다고 했다. 처음에는 동생인 딸부터 먼저 증상이 왔다. 딸은 환청과 환각 속에서 증세가 밖으로 드러나는 양성반응을 보였다.

극심한 환청 속에서 헛소리를 되뇌며 허공을 더듬듯이 휘적거렸다. 물건들을 닥치는 대로 헤집어 놓고 집어 던졌다. 어이없는 딸의 행동에 가족들은 당혹스럽고 혼란스러웠다. 강제입원과 퇴원을 반복하였다. 퇴원하고 나면 증상이 가라앉는 듯하다가 비명을 토해내듯 재발했다. 낮과 밤이 바뀌고 밤에는 유령처럼 떠돌아다녔다.

가족들에게 생트집을 잡고 악쓰고 몸부림치는 딸을 제어할 방도는 없었다.

가족이 잠을 잘 때 딸은 움직였고 깨어날 시간에 딸은 잠을 잤다. 차라리 딸이 약을 먹고 잠들기를 바랐다. 딸은 두서없는 행동으로 분열되고 와해되어갔다.

딸이 어느 날 어머니에게 말했다.

"엄마, 나에게는 하늘같은 엄마지만 내가 엄마를 죽일 수 있어요."

"......"

"내가 사랑하는 엄마지만 죽이라는 환청이 들리면 나도 무슨 행동을 할지 몰라요.

그러니까 엄마가 잘 때는 방문을 걸어 잠그고 주무세요."

최후통첩 같은 딸의 말이 엄마의 가슴을 때렸다.

그러나 엄마는 방문을 잠그지 않았다. 딸의 환청이 거짓이라는 것을 보여주고 싶었다. 한밤중에 딸의 발자국 소리를 들으면서 가슴을 졸여야만 했다.

딸이 방문을 빼꼼히 열고 한동안 바라보다가 나가기를 몇 차례인가 했다. 저승사자처럼 딸이 방문할 때마다 앉아서 묵주를 돌리며 하느님께 기도했다. 그 묵주 속에 엄마의 지순한 사랑과 간절함이 겹겹이 녹아 있었다. 딸에게 엄마의 그 모습을 보여주고 싶었다고 했다. 희생을 각오한 어머니의 지극한 모성애에 딸은 발걸음을 돌렸다.

엄마의 승리였다. 엄마는 이 시련이 여기서 그치기를 기도했다. 그러나 또 다른 시련이 벼락같이 찾아왔다.

군대 갔다 온 아들이 자기 방의 구들장을 드릴로 뚫고 뜯어냈다. 아들은 "북한군이 땅굴을 뚫고 나를 붙잡으러 온다,"고 말했다.

아들의 피해망상 이야기는 가족들을 경악시켰다. 딸과 아들을 번갈아 가며 정신병원에 입원을 시켜야만 했다. 이 고단하고 참담한 이야기는 30년 동안 이어졌다. 그 긴 세월 가족들이 감당해야했던 고통의 시간들은 형언할 수 없다.

두 남매는 정신병원을 제 집처럼 들락거렸다. 정신병원은 그들에게 제2의 가정이었다.

"엄마, 미안해. 나도 모르겠어. 내가 왜 이러는지." 종종 딸은 엄마에게 눈물로 호소하며 용서를 빌었다.

엄마는 딸을 강제입원 시킬 때마다 "네가 보기 싫어서가 아니다. 너를 사랑하기 때문에 입원을 시킬 수밖에 없단다." 다감하게 딸을 안아주고 토닥여 주었다고 했다.

딸이 의사의 멱살을 잡고 흔들며 "도대체 언제까지 나를 괴롭힐 거냐? 왜 낫지 않느냐?"라며 발악하듯이 울음을 토해낼 때, 아들이 재활치료 출근 시간에 지각했다고 지적하는 간호사에게 "당신은 내가 먹는 약이 얼마나 독한 줄 아느냐? 당신이 이 약을 먹고 아침에 일어나봐라."라고 항의할 때, 엄마는 가슴이 아팠다고 했다.

이제 딸은 병원이나 복지센터에서 제공하는 지지취업을 하여 열심히 일하고 있다. 일자리가 한시적이긴 하지만 딸은 월급을 꼬박꼬박 모았다. 하루 2,000원씩 60만 원을 모아 저축하였다고 했다. 그 돈을 동생이 시집갈 때 침대를 사라고 건네주었다고 했다. 근면하고 알뜰한 딸은 일자리를 떠나면 증상이 재발하곤 했다. 그럴 때마다 스스로 병원에 찾아가 입원을 하며 자신을 관리한다고 했다.

아들은 독실한 천주교도인 부모의 영향을 받아서 신부가 되기 위한 정규과정 교육을 2년째 받고 있다. 자신이 신부가 되어 자기처럼 고통 받는 많은 사람들을 위해 기도하고 싶다고 했다.

엄마는 20년 전부터 정신건강복지센터에 다니면서 가족교육을 받고 회복에 대한 가르침을 받았다. 그 덕분에 엄마는 그 지역의 정신장애인 가족회 회장이 되어 다른 가족을 위한 봉사활동을 하고 있다. 이제 아들과 딸이 오롯이 서서 자기의 갈 길을 찾아가는 모습을 보고 싶다고 엄마는 말했다.

"가시밭길 같았던 아픔의 그 세월은 이제 다시 돌아오지 않을 것이다. 그 긴 세월은 아픔이었고, 그 아픔이 나와 아이들의 성장에 밑거름이 되었다."라고 회고했다.

"나는 내 아이들을 한 사람의 인간으로 보았고, 아이들에게 인간적인 대접을 포기한 적이 없었어요." 그래서 아이들이 한 인간으로서 오롯이 설 수 있었다고 했다.

마지막으로, 고통을 껴안고 고난의 길을 걸었던 어머니로서 말했다. 실버들이 봄바람에 날리듯 부드러운 어조였지만 굴곡진 얼굴에는 고통의 흔적이 여과 없이 남아 있었다.

정신장애인 가족들이 깨어나지 못하고 아픔 속에서 부대끼는 모습을 볼 때 안타깝다고 했다. 정신질환의 회복에 대해 교육을 받은 가족과 안 받은 가족은 확연히 다르다고 했다. 증상을 알아야 고치고 극복할 수 있는데 왜 배우려 하지 않는지 모르겠다고 했다. 가족이 눈을 뜨지 못하고 있으면 고통 속에서 더 큰 비극을 맞이할 수 있다는 사실을 알았으면 한다고 했다.

쉬쉬하고 숨기지 말라고 했다. 자신도 예전에는 아이에게 정신장애가 있다는 것을 부모의 책임으로 알고 죄인처럼 지냈다. 의사에게도 죄책감에서 제대로 말도 하지 못하고 지낸 세월이 있었다. 가족이 기죽고 움츠러들기만 하니까 정신장애에 대한 편견이 있고 복지가 미흡하다고 말했다.

치매는 국민 모두가 돌봐야 한다는 공감대가 형성되어 국가에서 막대한 예산을 들여 지원하고 있는데 정신장애는 외면하고 있다고 했다.

"치매는 드러내놓고 말할 수 있잖아요. 하지만 정신질환은 그렇지 않아요. 사실은 정신장애도 치매처럼 드러내놓고 말할 수 있어야 하고, 그것이 가족의 책임이 아니라는 것을 알려야 해요. 그래야 국가에서도 이들이 치유되어 사회에서 살아갈 수 있도록 지원할 수 있는데……."

인간이면 누구에게나 다가올 수 있는 정신질환, 몸이 아픈 것처럼 정신도 아플 수 있는데 누구의 책임이고 누구의 죄일까.

이 문제를 언제까지 쉬쉬하고 움츠리고만 있을 것인가. 그러는 동안에 우리 사회는 더 아파간다.

1부

시련이 찾아오다

제1장

정신분열, 남의 이야기인줄 알았던

1.
...
내 아이의 영혼을 도둑맞다

"정신분열증이라니. 이건 말도 안 돼, 어떻게 이런 일이….
우리 아이에게는 아무런 일이나 충격이 없었는데 어떻게 이런 병이 걸릴 수
있어?"

모든 의식이 허물어져 내리고 증발해버린 것 같았다.
세찬 회오리 같은 그 바람은 아이의 영혼을 뒤흔들어 놓고 사라졌다.

조현병은 그렇게 왔다

살구꽃 같은 봄이 터질 듯 무르익던 그날 찾아왔다. 조현병이었다.
그때는 '정신분열증'이라고 불렀다. 말만 들어도 무섭고 치명적인 병
명이었다.

태생적으로 정신적 결함이 있는 특별한 사람만이 걸리는 병으로만
알았다. 그것은 지구 반대편에 있는 먼 나라 남의 이야기였다. 그 병
이 우리 아이에게 찾아올 줄은 상상하지 못했다. 아무도 예감하지 못
했던 그 병은 도둑처럼 소리 없이 스며들었다.

평생에 우리하고는 상관없는 이야기였다. 우리가 알았을 때 그 은밀하고 혼돈스러운 병은 이미 아이의 정신을 헤집어놓은 뒤였다.

20년 전 고등학교 2학년 때였다. 보이지 않는 그 병은 아이를 미라처럼 눕혔다. 해저 같은 깊은 정적 속에서 아이는 떠 있었다. 천정에 형광등 불빛은 창백했고, 파르스름한 빛의 떨림 속에서 아이는 시들어갔다. 거실 베란다 밖 감나무 이파리 사이로 무심한 새벽빛이 밝아오고 해가 저물었다. 아이는 영혼을 빼앗긴 껍데기같이 기진했다. 아내와 나는 무슨 일이냐고 물었고 아이는 말을 하지 않았다. 학교에서 교우들과의 관계에서 마찰이나 충돌이 있었는지 아니면 다른 고민이 있는지 알 수가 없었다.

아이는 온순하고 착했으며 아무 일이 없었다고 담임선생은 말했다. 시간이 흐르면 좀 나아지겠지 하고 지켜보았다. 뭔가 좋지 않은 일이 있었거나 충격을 받았을 것이라고, 곧 안정을 찾을 것이라고 우리는 스스로 위안했다. 아이는 두터운 커튼이 드리운 창문 아래 침대에서 육체를 잃은 그림자처럼 누워있었다. 어둠과 적막 속에서 모든 움직임을 멈췄다.

아이에게 조현병이 찾아왔을 때는 그것이 병인 줄도 몰랐다. 병은 신의 저주처럼 흔적 없이 찾아 들었고, 아이는 허깨비처럼 고사되어갔다.

집 안에는 납덩이같은 침묵과 정적만이 감돌았다. 숨 막히는 긴장감 속에서 음울한 나날들이 이어졌다. 아이는 불안감과 공포 속에서 숨을 쉬기가 힘들다고 속마음을 토로했다.

급기야 아내와 함께 아이를 데리고 서울 적십자병원에 가서 정밀 진찰을 받았다. 의사는 심리검사 끝에 뇌세포 호르몬 구성 물질 중 한 가지가 부족하게 나온다며 강박증을 겸한 정신분열(조현병) 증상이라고 하며 약물을 복용해야 한다고 했다.

사형선고처럼 들리는 의사의 말은 우리를 경직시켰다. '정신분열이라니?' 캄캄한 블랙홀에 빠진 것처럼 아득했다.

의사는 정신 질병의 원인은 충격이나 스트레스에서 올 수도 있다고 했다. 유전적인 것과 그 외 다른 원인으로 올 수도 있다며 딱히 드러나지 않은 것이 정신질환의 특성이라고 말해주었다. 그리고 아이는 지능은 일반인에 비해 현저히 높다는 말도 덧붙였다.

병원에서 처방해준 약을 들고 집에 와서 꾸준히 복용시켰다. 아내는 "차라리 내가 미쳤으면 좋겠어, 어떻게 아이가 감당할까나." 하면서 울먹였다. 약 복용 이후 급격한 공포와 불안감은 줄어든 것같이 보였으나 기력을 찾지 못하고 잠속으로 빠져 들었다.

간신히 밥을 먹고 나면 다시 부스러지듯이 자리에 누워 하루를 보냈다. 약을 먹으면 차츰 회복될 것이라는 우리의 믿음은 점차 희미해져 갔다. 가망 없는 식물인간처럼 누워만 있는 아이에게 우리가 해줄 것은 아무것도 없었다.

아이는 끊임없이 자신을 엄습하는 불안감과 공포심으로 식은땀을 흘렸다. 질식할 것 같은 불안을 눌러주고 수면으로 유도하는 약은 아이의 정신세계를 파김치처럼 짓무르게 했고 무력감 속에 빠지게 했다.

"안 돼, 깨어나서 생기를 찾아야 해. 정신을 차려야 한다. 더 이상 알 수 없는 수렁에 빠지지 마." 수도 없이 되뇌었다. 이것이 꿈이었으면 했다.

흔적 없는 이 현상들은 허공에 뜬 가랑잎을 만지는 것 같아 가늠할 수 없었다.

그렇게 운명의 여신은 무겁고 어두운 그림자를 달고 우리 앞에 다가왔다. 우리가 흔히 상상할 수 있는 것처럼 정신적 혼란으로 망상이나 환영을 보고 이상한 행동을 하는 증상은 보이지 않았다.

좀처럼 자기 속마음을 이야기하지 않는 진중한 아이였다. 그래서 자기의 고통을 마음속에 숨기고 참아내고 있었다. 말을 하지 않는 아이를 보셔서 "도대체 무슨 일이 있었느냐" 캐물었다. 아이는 집에 있는 보일러가 과열되어 터져버릴 것 같은 불안에 숨을 못 쉬겠다며 고통을 호소했다. 폭발할 것 같은 그 뜨거운 열기가 시시각각 느껴져 못 견디겠다고 했다. 약은 잠을 더 깊게 했고, 온전한 정신으로 참아낼 수 없게 했고, 견딜 수 없는 잠은 또 잠을 불렀다. 그 잠은 죽음의 적막처럼 무겁고 깊었다. 눈에 띄는 차도는 느낄 수 없었다.

가끔 컵을 벽에 내던지며 차라리 죽어버렸으면 좋겠다고 고함을 지르기도 하였다. 그리고는 창문 밖에서 누군가가 엿보고 있고 자기를 해치려고 한다며 공포감을 호소했다. 청천벽력이었다. 당황스러웠고 안타까웠고 혼란스러웠다.

그렇지만 부모가 아이에게 무엇을 해줄 수 있을까. 옆에서 지켜보는 것이 힘들었다. 속수무책이라는 말은 이럴 때 어울리는 말일까. 아이는 대화를 거부했고 감내하기 힘든 고통을 혼자 안고 가려는 듯이 누워서 화석처럼 굳어 갔다. 이 모든 것들은 형상 없는 바람처럼 미지의 영역에서 불어왔다.

아이가 태어나던 그 해 겨울은 유난히 추웠다. 하얀 눈바람이 날리는 날, 어느 병원 2층에서 홑 창문 틈새로 들어오는 찬바람에 뼈를 삭이는 아픔을 뚫고 우리의 첫 아이가 세상 밖으로 꽃망울을 터뜨렸다. 아이는 얼굴이 백설같이 희고 인형처럼 예뻤다. 온 친척들이 소문을 듣고 구경을 왔다. "세상에 어떻게 이런 예쁜 아기가 다 있을까." 하며 감탄사를 연발했다. 투정하는 둘째 아이와는 달리 배려있고 늘 양보하면서 잘 웃는 온순한 아이였다. 말이 없고 성실하게 공부에만 집중했었다.

그랬던 내 아들이 신의 시샘이었을까, 무엇이 잘못되어 이런 고통을 겪으며 천형의 길을 가야 하는가. 가슴이 답답하고 타는 듯했다. 누구에게도 말하지 못했다.

집 안에서는 암담해서 울고, 밖에서는 또래 아이들이 밝게 떠드는 모습을 보고 울컥했다. 건물 뒤끝에서 죄인처럼 숨어서 혼자 울었다.

몇 달째 위태로운 일상이 이어졌다. 고통의 파문과 파문 사이, 부나비가 촛불 위에서 곡예 하듯 하루하루가 지속되었다.

2.

...

고요한 것, 은밀한 것, 그래서 더 알 수 없는 병

분명히 아이가 나을 수 있다는 희망과 확신은 가져야 하는데
그러한 과정과 절차는 모호하고 추상적이었다.
무얼까. 이 고요하고 은밀하게 다가오는 혼돈의 물결은.
어디서 어떻게 갈피를 잡고 헤쳐 나가야 할 것인지 암담했다.

절박했지만 도움은 없었다

아이의 병이 차도가 없자 마음은 다급했고 도움은 절실했다. 누군가가 다가와 구원의 손길을 주기를 바랐다. 그러나 도움의 손길은 보이지 않았다. 내가 알아야 아이의 고통을 덜어줄 수 있는데 알아야할 것이 무엇인지 보이지 않았다. 도대체 무엇을 알아서 어떻게 도움을 줘야 하는 건지 아리송하고 혼란스럽기만 하였다.

인간의 정신세계를 흔들고 파괴시키는 정신질환이라는 질병에 대해서 우리는 아는 바도 없고 학생 때 교육을 받은 적도 없었다. 정신건

강에 대한 기본적인 상식과 약간의 기초지식만 있었어도 발병 초기에 일찍 대응하여 치료의 효과를 볼 수 있었을 텐데 아쉽기만 했다.

인터넷을 찾아보니 정신질환 중에서 정신분열병(조현병)과 우울증은 두뇌 속 호르몬 분비 물질인 도파민, 세로토닌 등이 정상적으로 분비되지 않아서 발병한다고 했다. 조현병은 전두엽 부위에서 행복 감정과 긍정적 사고체계를 담당하는 도파민이라는 뇌 호르몬 신경전달 물질 분비가 정상적으로 되지 않아서 생기는 병이라고 했다.

이 병의 원인에 대해서는 유전이나 극심한 정신적 충격 등 몇 가지 가설만이 있을 뿐이고 명확하게 규명된 것은 없었다.

어떻게 하면 나을 수 있을까. 정상적인 사회적 기능을 수행하기까지는 꾸준한 약 복용과 더불어 별도의 재기 훈련이 필요하다는 원론적이면서 불명확한 내용들이 주류를 이루었다.

분명히 아이가 나을 수 있다는 희망과 확신은 가져야 하는데 치유와 정상적 상태로 가는 과정과 절차가 모호하고 추상적이었다. 도대체 어떻게 갈피를 잡고 헤쳐 나가야 할 것인지 암담했다. 우리의 상식은 질병의 치료는 병원에서 시작되고 병원에서 끝난다는 것으로 익혔다. 그러나 병원에서 치료하고 처방하는 약은 증상의 개선이나 더 이상 나빠지지 않는 것으로 그 역할을 다하는 것 같았다. 나머지 회복은 질병 당사자와 가족의 몫으로 남겨 두는 것이 이 병의 특징이었다.

그러나 우리나라에는 병원만 있을 뿐 병원치료와 더불어 회복을 위한 지원 시설이나 기관은 거의 없다는 것이 의문스러워 머릿속이 어수선하기만 했다.

이 병은 숨기고 가야만 하는 것일까. 그것이 정신적 병이라는 것, 아무도 가르쳐주지 않았던 뇌 호르몬 이야기, 그 호르몬의 교란이 병인지도 몰랐던 무지한 나, 누구를 원망해야 할까? 가정에 문제가 있었던 것일까? 내게 문제가 있었던 것은 아닐까? 선천적인 유전일까? 누구도 비난하거나 원망할 수 없었던 것들, 그래서 답답하고 막막했다.

내 어린 시절에는 특별히 정신적으로 혼란이나 아픔을 겪은 기억은 별로 없다.

무엇이 문제였을까. 많은 기억의 홍수 속에서도 정신병의 원인이 될 만한 요소들이 뚜렷하게 밝혀진 것은 찾기 힘들었다. 결국 답을 찾지 못하고 의혹만 깊어갔다.

의사는 처음 진찰할 때 집안에 무슨 충격적인 일이 있었는가에 대해서 물어보았지만 이렇다 할 문제나 사건이 있었던 것도 아니었다.

아이는 학교에 문제없이 잘 다녔고, 명랑하고 쾌활하지는 않았으나 친한 친구 몇 명이 집에 놀러오곤 하였고 함께 잘 어울렸다.

왜 그랬을까? 우리가 알지 못하는 아이만의 고민이 있지 않을까 해서 학교 선생님에게 다시 문의를 하였으나 아이가 충격 받을 만한 그런 일은 없었다고 했다.

아이에게 다가온 조현병은 어느 날 갑자기 보이지 않는 가랑비처럼 스며들었다. 어떻게 원인도 까닭도 없이 멀쩡한 아이에게 병이 생길 수 있을까.

처음에는 집 안의 보일러가 과열되어 팽창하여 터지려는 듯한 불안 감에서 보일러 스위치를 내려 보기를 반복하였다고 했다. 그러나 그 이후에도 불안감과 초조감은 사라지지 않고 극심한 공포와 답답함으로 견딜 수가 없었다고 했다.

나와 아내는 알지 못했다. 아이가 한밤중에도 수도 없이 부엌에 있는 보일러 스위치를 만지작거리면서 불안과 초조감 속에서 떨었다는 사실을.

극심한 불안과 초조를 달래려는 애달픈 시도는 강박증상으로 나타났다. 강박증은 같은 동작을 반복함으로써 더욱 집착하게 되어 끊임없이 확인을 해야 한다. 스위치를 만지면 불안 증상이 해소되어야 할텐데 전혀 그렇지 않았다. 그래서 다시 확인하고 또 확인을 반복했다. 해소되지 않은 불안이 깊어지면서 피해망상으로 발전하게 된 것 같았다.

약물로 인하여 피해망상은 어느 정도 해소되었으나 정신의 혼돈으로 세상의 기준이나 경계가 모호해지고 그로 인한 의욕상실과 우울감으로 자기 스스로 무수한 칼집을 내고 학대하고 있었다. 그것은 심각한 2차 피해였다.

왜 우리나라에서는 정신 질병에 관한 예방, 치료, 회복과정에 대해서 전혀 알려주지 않는 것일까? 정신 질병에 관한 상식과 발병 시 대처요령에 대해서 교육하지도 않고 방임하는 것일까? 왜 정신병원만 늘어나고 치유와 회복을 지원할 수 있는 시설은 없는 것일까? 미리

예방할 수는 없는 것일까?

　정신 질병에 대해 무지와 편견으로 가려진 깜깜한 장막 속에서 막상 질병에 걸린 사람들은 어떻게 해야 하는 것일까? 생각할수록 답답함과 혼란 속에서 원인도 모를 자책감에 시달려야만 했다.

　자식의 아픔은 내 아픔인데, 풀리지 않은 의문 속에서 스며드는 통증은 내 살이 타는 듯했고, 수천 개의 칼날 같은 조각들이 가슴을 파고드는 것처럼 아팠다. 죽음과 생명 사이에서, 갈라진 그 틈에서 질식해가는 아이를 생각할 때마다 가슴이 무너져 내렸고 아픔은 더해갔다.

　희망은 정녕 없는 것일까. 부서져 내리는 희망의 파편들 속에서 한숨이 하얀 연기가 되어 어지럽게 내려앉는다. 길을 찾지 못하고 방황하는 못난 아비의 발걸음은 무겁기만 했다.

3.

...

나 같은 놈을 왜 낳았어, 차라리 밟아 죽여버리지

"나 같은 놈을 왜 낳았어, 차라리 밟아 죽여버리지."

눈부신 신록처럼 발랄하게 꿈과 희망을 키워나가는 청소년들이다.
아이와 비슷한 또래들의 싱그러운 재잘거림을 들으면서
방 안에 갇혀 있는 내 아이를 생각했다.
날지 못하는 새는 비수가 되어 부모의 가슴을 찔렀다.

떠날 수 없는 새

가을 찬바람이었다. 길바닥에 깔린 낙엽들이 쓸린다. 담장에 기대
선 감나무가 흔들렸다. 눈송이가 성글게 날리는 겨울이 왔고, 해가
바뀌고 또 몇 달이 지나갔다.

아이는 여전히 두텁게 드리워진 커튼 아래서 형상 없는 영혼처럼
가라앉아 있었다. 무거운 침묵 속에서 움직임을 멈췄다. 영원히 끝
나지 않을 것 같은 어둠, 미세한 소리조차 사라진 정적의 섬에서 얼

마나 더 버틸 것인지.

약은 급성기 증상을 가라앉혔지만 아이는 여전히 미동도 하지 않고 파리하게 여위어 갔다. 아이는 물 위에서 맴도는 고장 난 배가 되어 침대 위에 떠 있었다. 밥을 먹어도 도로 게워내듯 숟가락을 내려놓고 부스러지듯 누웠다. 아이는 박제된 짐승처럼 굳어갔고, 지켜보는 부모는 한 가닥 가능성조차 허용하지 않고 눈사태처럼 무너져 내리는 기막힌 현실에 좌절했다.

아이는 가늠할 수 없는 심연 속에 가라앉아 있었다. 깊은 바다 같은 어둠 속 까맣게 고립된 섬에서 얼마나 더 버틸 것인지, 마른 갈대 같이 푸석푸석 말라가는 아이의 창백한 모습을 지켜보아야만 했다. 적막 속에서 차가운 공기는 벽을 타고 휘돌아 날선 얼음 조각들이 되어 부모의 가슴을 파고들었다.

원래 말이 없는 아이였다. 맛있는 반찬조차 자기가 먼저 먹지 않고 상대가 먹으면 젓가락을 대곤 하는 배려심이 많았다. 항상 의젓하고 속이 깊었다.

자신의 아픔이나 불만을 토로한 적도 없었다. 그 흔한 신발 한 켤레도 사달라고 조른 적이 없었다. 부모가 자신으로 인해 돈을 쓰는 것조차도 걱정을 해주었다.

자기는 뒷전이고 늘 남을 먼저 배려했다. 그래서 더 가슴이 아팠다. 저렇게 성인군자처럼 헤아릴 수 없는 깊은 심성을 가진 우리 아이가 왜 이렇게 아파야 할까?

내 모든 의식이 허물어져 내리고 부서져 내릴 것 같은 고통이 이어졌다. 지켜볼 수밖에 없는 아비로서 아무것도 해줄 수 없는 무능이 나를 더욱 괴롭게 했다.

"나 같은 놈을 왜 낳았어, 차라리 밟아 죽여버리지."

아이가 벽을 치면서 오열을 할 때 우리 부부는 의식이 일시에 정지되듯 하얗게 굳어갔다. 남한테 가슴 아픈 소리 한 마디 안 했던 아이였다. 얼마나 고통스럽고 참기 어려웠으면 그랬을까. 대신 해줄 수 없는 아이의 고통에 생애가 무너지는 것 같은 참담함을 느껴야만 했다. 이 불꽃같은 고통은 어디서 기원하는 것일까.

동네 의원에서 지어준 약을 충실하게 복용했다. 나아질 것이라는 믿음을 가지고 끈질기게 기다리고 또 기다렸다. 아이는 독한 약을 먹고 지치고 또 지치고 잠 속에서 잠으로 하루의 일과를 이어갔다.

아이의 책상 위에 날카로운 과도가 놓여 있었다. 그것을 치우고 다시 치웠다. 대신 아이의 침대 밑에 부정한 기운을 정화시킨다는 숯을 갖다 놓았다. 그리고 마음을 졸이며 지켜보았다. 아이를 지켜주기 위해 아비가 할 일은 고작 그것뿐이었다.

잊히지 않는 생생한 악몽의 나날이 계속되었다. 우리는 간절했고, 시간은 대답하지 않았고, 시간들은 어둠 속에서 자기 목소리를 잃고 차갑게 가라앉으면서 질식되어 갔다.

동네 정신과 주치의사는 아이를 진찰하고 "상태가 안 좋아졌다. 어쩌면 자살할 수도 있으니 주의 깊게 살펴보라."라고 말했다. 이것이 현대 의학의 한계인가? 아득하게 의식이 무너져 사라지는 것 같았다. 지금 혹시 꿈이 아닐까. 아내가 비명 같은 울음을 토해냈다. 밖에는 하늘과 땅을 가득 메운 눈송이들이 모든 소리를 삼키고 있었다.

TV 야생동물 프로를 보았다. 습지의 갈대 덤불 속에 우뚝하게 솟아난 나뭇가지 위에 어미 새가 둥지 안의 알을 품고 있었다. 어미 새와 아비 새는 교대로 알을 품으며 쉬지 않고 먹이를 날랐다. 둥지 안의 다른 아기 새들은 털이 오르고 몸집이 커져가면서 차례차례 창공으로 날았다. 날지 못하는 한 마리의 새가 둥지 안에 있었다. 어미 새는 떠날 수가 없었다. 퍼덕거리는 어린 새를 두고 어미 새는 끝내 그 곁을 떠나지 못했다. TV를 보면서 울었던 적은 처음이었다.

4.

...

내가 얼마나 더 버틸 수 있을까

거센 풍랑이 솟구치는 깜깜한 바다 속에 빠져버린 나를 누가 구해줄까?
이 세상이 무엇인지 가늠하기조차 힘들었던 때,
격랑처럼 밀어닥친 분열과 혼란.
절망과 죄책감 속에서 죽음도 또 다른 하나의 선택일 뿐이었다.

이제 좀 편해지고 싶어

아이는 끈질기게 어른거리는 환영 속에서 자신의 그림자를 길게 끌며 걸었다. 아무것도 생각하지 않고 환시와 환청 속에서 벗어나고 싶었다. 술렁이는 헛것들의 목소리는 몽유병자처럼 거리를 헤매게 만들었다. 심장이 터져버릴 것 같은 고통 속에서 평생을 사느니 죽음은 하나의 선택이었다.

정신질환 급성기 때 환자들이 느끼는 불안의 강도는 죽음 이상이라고, 그것을 일반인들은 단 10분도 참아내기 힘들 것이라고 의사가 말했다.

"정말 힘들어. 어떤 때는 숨쉬기도 힘들고 일어나기도, 밥을 먹는 것조차 힘들어, 그래도 약은 먹어야 돼."

"나는 잘못된 사람으로 태어난 것 같아. 이렇게 사느니 차라리 죽는 게 더 나을지도 몰라."

"병원에서는 약을 잘 먹으면 정상으로 돌아올 수 있다고 했는데 나는 희망이 없어. 나 하나만 없어지면 세상이 편할 건데."

"정말 나에게 시간이 주어지고 내가 다시 살아갈 수 있다면 괴물 같은 망상에서 벗어나 자유롭게 살고 싶어. 그런데 지금은 너무 힘들고 두렵기만 해."

"자꾸 누군가가 죽어야 한다고 속삭이는 것 같아. 너 같은 놈은 죽어야 한다고."

"내가 얼마나 버틸 수 있을까. 너무 힘들어, 이제 좀 편해지고 싶어."

살고 있어.
지금 살아내고 있어.
더 살아낼 수 있을까?
그게 정말 가능할까?

"이제 내려놓고 싶어. 다 그만두고 싶어. 죽음이 더 편할지도 몰라."

무작정 건물 옥상에서 뛰어내려 죽어버리려고 집을 나섰는데 들어간 곳이 하필 교회 건물이었다. 문득 마지막으로 하느님께 기도하고 싶은 생각이 들었다고 했다. 마침 그곳에 계신 목사님을 만나 고백했다고 했다.

　"사는 게 너무나 무섭습니다……."

　"이 모든 것이 하느님께서 주신 숙제입니다. 실력 있는 영혼에게 어려운 숙제가 주어지는 법이니 굽히지 말고 꿋꿋하게 살아가세요."라고 목사님이 말했다고 했다.

　그 아래층에는 십자가에서 피 흘리는 예수님의 형상이 정적 속에서 하얗게 빛났다. 자기가 죽을 것을 예수님이 대신해 죽었다는 생각을 하면서 울었다고 했다.

　뒤늦게 아이의 노트에서 발견한 글을 보았다. 십자가 위에서 흔들리는 예수님의 나신을 올려보면서 그 영혼의 주파수에 맞춰 훼손된 아이의 영혼이 본연의 빛을 찾았을까.

　'괜찮아, 죽음은 오지 않아. 너는 어둠에서 다시 살아날 수 있어.'

　참담했다. 이제는 또 어떻게 할 것인가.

이 아득한 심연 속에서 절망의 삶을 끝까지 살아낼 수 있을까.

"지금 이 삶은 너의 삶이 아니다. 잠시 너에게 스쳐지나가는 바람 같은 것, 짧은 한 순간에 불과할 거야. 난 믿어."

"너는 반드시 회복될 거야."

"예수님이 너에게 구원을 내리셨잖아? 그게 바로 기적의 신호야. 네가 어떤 정서적 감각도 느낄 수 없는 이 삶에서 해방될 때, 그리고 남이 알지 못하는 많은 아픔을 겪은 후에, 진정한 자유를 맛보게 될 것이야."

"……"

아이의 등을 토닥이며 말했다.
그날 밤 아내는 밤새 꺼이꺼이 울었다.

무엇일까. 모래집처럼 부스러지면서 흔들리기 쉬운 인간의 정신은? 이 세계의 불완전함 속에서, 기약할 수 없는 삶 속에서, 어쩌면 우리는 너무나 미약한 존재일 수도 있다는 생각이 들었다.

우리가 가진 모든 생생한 정신과 희망조차 부스러질 것들,
기억의 회로가 지워진 침묵과 어둠의 공간 속에서,
복원되지 못하고 화석처럼 굳어가는 것을 지켜보아야만 할까.

그토록 쉽게 부서져 내리는 연약함으로 인한 고통을 운명처럼 받아들이면서 이 삶을 살아 내야 하는 것일까. 밖에서 내리는 빗줄기가 내 얼굴을 때리는 것 같다. 어두운 비는 그칠 줄 모르고 땅바닥을 두들겼다.

5.

...

더 이상 해 줄 것이 없었다

이유 없이, 예고 없이, 소리도 없이 찾아오는 정신 질병이 육체의 질병보다
더 무서웠다. 그것은 신의 저주에 따른 악령의 장난처럼 여겨졌다.

이렇게도 저렇게도 할 수 없었던 병

신체의 병이나 정신의 병이나 다 똑같은 병인데 왜 한 쪽은 낫고 한
쪽은 낫기 힘들까. 인간의 눈으로 보이지 않고 감지하기 힘든 정신의
병은 정녕 고칠 수 없는 것일까. 남한테 보이면 안 될 비밀로 목숨처
럼 껴안고 영원히 감수하고 가야만 할까. 약으로 치료가 안 되는 병
은 어떻게 하면 고칠 수 있을까. 정신의 병도 신체적 질병처럼 촬영
하고 진단 내릴 수 있다면 얼마나 좋을까.

수술하고 약도 먹고 고치면 될 것인데, 무슨 원인으로, 어떤 경로
로 발병되었는지 알지 못하는 정신의 질병이 더 무서웠다.

같은 우울증, 조현병이라 할지라도 사람마다 증상은 천차만별이고 그 처방도 다르다. 그래서 환청, 환시, 환촉, 환미, 환취 등 프리즘을 투과해서 나타나는 색상처럼 증상도 다양하게 나타난다고 하여 조현병 스펙트럼이라고 한다.

사람의 정신을 현미경으로 들여다보고 원인을 콕 집어 처방할 수는 없는 것일까? 무엇이 원인이었을까? 두꺼운 베일에 싸인 흔적 없는 영혼처럼 모든 것이 의문이었고, 의문은 의문을 불러왔고, 그 의문들의 대열은 서로 꼬리를 물고 휘돌고 몰려다니며 어지럽게 소용돌이쳤다.

"가정적으로 문제가 있었거나 학교에서 무슨 일이 있었습니까?"

의사는 아이의 정신병의 원인이 될 만한 트라우마가 있는지 알고 싶어 했다.

아이의 성장과정에서 집안에 특이한 문제는 없었다. 아이 앞에서 부부가 가끔 다투는 광경은 보여주었으나 아이에게 극심한 충격을 줄 정도는 아니었다. 교우관계도 원만했다. 어릴 적 학교에 가기가 싫어서 운 적은 있었으나 심각하지는 않았다. 무엇이 아이의 정신세계를 이토록 뒤흔들어 놓은 것일까?

나 역시 예전에 심각한 정신적 고통을 겪었던 경험이 있었다. 젊은 시절에 뭔가 하고 싶은 의욕은 넘쳤으나 현실이 받쳐 주지 못하고 실의에 빠져 있을 때가 있었다. 모든 사람들이 한심한 나를 바라보면서 뒤에서 웃고 있는 것 같아서 집 안에 고립되어 혼자 지냈었다. 외출이 무서웠고 사람들과의 만남이 두려웠다. 극심한 정신적 스트레스를 겪으며 나 자신의 존재에 대한 의문과 쓰레기 같은 삶에 대해서 회의를 한 적이 있었다. 정신적 혼란은 극에 달했고 내가 미쳐버릴 것 같은 생각이 들었던 때가 있었다. 그러나 그것은 잠깐이었다.

혹시 내 안의 정신세계에 알 수 없는 문제가 있어서 아이에게 그대로 이어진 것일까 하는 죄책감에 시달렸다. 나를 비난하는 것 외에는 답이 없었다. 그 외에는 아무리 생각해봐도 아이가 정신질환에 걸릴 만한 이유가 없었다. 우리 집안 선대들이 정신병에 걸린 사람이 있었다는 이야기도 듣지 못했다.

무엇이 문제일까? 무엇이 아이의 정신세계를 뒤흔드는 원인으로 작용했을까? 알 수 없는 영역에서 찾아오는 정신 질병은 육체의 질병과 달리 극복하기 힘들었다. 헛것이 실체가 되었고 실체가 헛것으로 뒤바뀌었고, 그래서 모호하고 아득했던 그 병은 허(虛)와 실(實)의 경계를 무력하게 만들었다.

병원에서 처방해준 약은 아이를 지치게 만들었다. 마치 마약에 취해 미로 속에 놓인 것처럼, 무덤 속 같은 잠으로 아이를 밀어 넣고 세상과 단절시켰다.

부모로서는 더 이상 아이에게 해줄 것이 없었다. 무참한 현실 속에서 어떠한 미래도 생각할 수 없었다.

밖에서 모임이나 회식 때 술이라도 먹고 들어오면 아내는 "애비가 되어서 아들이 저렇게 누워있는데 밖에서 술이나 먹고 들어오느냐. 남들은 백방으로 뛰어다니면서 치료시키려고 노력하는데 당신은 도대체 뭐하는 사람이냐."라며 힐난했다.

'좀 더 굳세게 씩씩하게 키웠더라면, 어쩌면 그렇게 되지 않았을 수도……."

가을 찬바람이 뼛속을 드나드는 것처럼 차가웠다. 모든 것이 못난 아버지 탓인 것만 같아 자책감과 우울감에 시달렸다. 이러한 나날들이 지속되면서 내 마음도 황폐해지고 일에 대한 자신감도 사라졌다. 퇴근하면 방 안에서 죽음보다 깊은 잠에 빠진 아이의 모습을 보아야만 했다.

언제쯤에나 일어설 수 있을까? 어쩌면 신의 저주에 의한 영혼의 감옥에 갇혀 영영 일어나지 못하는 것은 아닐까? 우리 부부가 무엇을 잘못한 것일까? 내가 알지 못하는 전생에 죄를 지어서 아이에게로 전해진 것은 아닐까? 무수한 상상과 근거 없는 가설들만 맴돌았다.

절에 갔을 때 보았던 현판에 새겨진 불경의 한 구절이 기억났다.

"전생의 일은 금생에 받고 있는 고통이 바로 그것이요, 미래의 일은 금생에 짓고 있는 바로 그것이다."라는 아함경의 말이 담뱃갑에 새겨진 경고문처럼 선명하게 다가왔다. 내가 죄를 지은 업보가 있으면 그대로 받으리라.

이 모든 고난이 내가 알지 못하는 나의 죄과에 대한 보답이라는 생각이 들었다. 현생에서 나의 노력과 선행으로 되갚을 수만 있다면. 그러나 딱히 내가 해야 할 만한 일이 생각나지 않았다.

쉬는 날이면 청계산 절에 찾아가 수도 없이 절을 하고 알 수 없는 내 죄에 대하여 참회하고 빌고 또 빌었다. 이마와 관자놀이에 흘러내리는 굵은 땀방울이 눈썹에 맺혀 흐릿하게 떠오른 부처님상이 나를 한없이 측은하게 바라보는 것 같았다.

이렇게 해도 저렇게 해도 낫지 않았다. 그 원인은 드러나는 것도 아니고, ―그래서 더 절박했던― 아이한테, 또는 다른 누구한테 있는 것도 아니었다. 막막하고 불투명한 현실은 끊임없이 불안과 죄책감이 소용돌이치는 어둠 속으로 나를 몰아넣었다.

근원을 알 수 없는 '원죄'와 같은 질병에 대해서 그 해답을 찾기 위한 과정은 영적, 정신세계 탐구로 이어졌다.

6.

...

진료비 반환은 안 됩니다

어디까지 왔나. 이 끝은 어디일까. 어디까지 더 나아갈 수 있을까.
이제 어디로 가야 하나, 얼마나 더 버틸지, 기댈 데도, 의지할 데도 없었다.
갈 길은 먼데 길은 안 보이고 절망만 깊어갔다.

아픈 사람을 울리는 사람들

유난히 혹독했던 겨울을 보낸 봄은 눈부셨다. 물오른 어린 가지들
은 색색이 꽃망울들을 무더기로 토해내고 있고, 하얀 벚꽃 이파리들
이 바람을 타고 우수수 달려갔다.

아직 아무것도 아물지 않았다.
어느 것도 끝나지 않았다.

세월은 아이의 굳은 몸 위로 쌓여갔고 아이는 차갑고 무거운 침묵

속에 떠 있었다. 영원히 끝나지 않을 같은 어둠 속에 갇힌 이 시련을 얼마나 더 버틸 것인지.

약은 급성기 증상을 가라앉혔지만은 아이는 여전히 회복되지 않고 파리하게 여위어 갔다. 가까운 동네 정신과 의원에 가서 진찰을 받고 약을 처방 받았다. 동네 의원 의사의 약은 더 독한 약인 듯 아이가 거의 혼수상태에 빠져 탈진되어 갔다.

'이건 아닌 것 같은데…….' 무엇이 잘못된 건지, 어떻게 해야 할지, 온몸을 마비시키는 가혹한 잠속에서 깨어나지 못하는 아이의 거친 숨소리와 더불어 우리의 한숨도 깊어만 갔다. 약물로 인해서 잘못된 경우도 있을까.

우리는 약물을 신뢰할 수밖에 없지만 그 약이 치료의 정답이라는 기준은 누가 정하는 것일까. 객관적인 척도가 없는 상황에서 치료의 최선책이라는 답을 찾을 때까지 우리는 얼마나 먼 길을 가야 하는 것일까.

병원에 입원을 시켜야 할까. 입원을 하면 좀 더 나아지지 않을까? 우중충한 회색빛 건물 속 깜깜한 방 안에 아이를 가두어 놓는 섬뜩한 상상은 나를 기진하게 만들었다. 그지없이 절망스러운 이 삶을 어떻게 견뎌내야 할까.

치료에 대해서 그 누구한테도 조언을 받을 수 없었다. 속 시원하게 전문가 상담을 하고 싶었으나 그런 곳은 찾을 수 없었다. 우리가 판단할 만한 자료는 어디에도 없었다. 병원이나 의원에서는 단지 몇 가지 아이의 상태만 묻고 약을 처방해줄 뿐이었다.

회복의 기미는 보이지 않고 좌절감만 깊어갔다. 정신 질병에 걸리면 모두 이런 식으로 전락되는 걸까. 낫는다는 희망도 없이 그저 약이나 먹으면서 중증질환자로 평생을 지내야 하는 걸까. 불신과 초조함, 절망감만이 더해갔다.

직장에서나 친척 등 누구에게도 알릴 수 없었다. 설령 알린다 해도 그들이나 우리에게나 아무런 도움이 될 것 같지 않았다.

시간이 흐르면서 동네 이웃이나 친척은 아이에게 무슨 이상 증세가 있다는 것을 눈치를 챈 것 같았다. 그러나 그들은 아무런 내색을 하지 않았다.

해결책과 돌파구는 보이지 않았고 고민은 깊어갔다. 나조차도 우울증이 올 정도였다. 아무런 희망도 없이 아이의 아픔을 지켜보기만 해야 하는 가혹한 현실은 나를 피로감과 절망의 늪으로 끌어들였다.

이제는 어디로 가야 할까. 정신의학과 치료 외에 대체의학 같은 것은 있는 것일까? 흔히 점쟁이나 무당들이 말하는 조상을 잘 섬기지 못해서 후대에 이런 벌을 받는 것인가. 근거 없는 헛된 생각들이 나를 혼란스럽게 했다. 의문 속에서 하루가 저물어 갔고 그 의문들은 시간 속에서 풀어지지 않고 쌓여갔다.

인간 정신세계의 기(氣)의 흐름이 깨지거나 잠재의식 속의 트라우마 같은 것이 발동되어 병으로 나타난 것은 아닐까? 수수께끼 같은 의

혹은 수시로 얼굴을 바꾸어서 나타나 나를 미궁 속으로 빠지게 했다. 미로 속에서 길을 찾기 위한 노력은 험난하기만 했다.

무형의 정신세계에 빠져 탐닉을 하였다. 인간의 잠재의식 속에서 심층 의식체와 대화하는 최면술에 대해서 연구하고 책을 탐독했다. 어쩌면 깊은 최면 속에 들어가 심층의식과 대화해보면 원인에 대한 답이 나올 수 있겠다는 생각이 들었다.

우리나라에서 유명하다는 서울의 ○○ 최면박사가 운영하는 병원에 찾아가서 아이의 최면 시술을 의뢰하였다. 그 병원에서는 15분간 최면 시술을 받는 데 43만 원을 선불로 달라고 하였다. 잠시 원장실에 들어가서 시술을 받았으나 아이는 달라지지 않았다. 병원에서는 한두 번의 시술로는 어렵다며 지속적으로 다녀야 한다고 했다.

다음 주에 다시 가서 시술을 받았다. 아내는 아무래도 의심스럽다며 원장실을 왈칵 열고 들여다보았다. 아이를 침대에 눕혀놓고 원장은 자기 사무를 보고 있었다. 아내는 "이게 무슨 짓이냐?"라며 목청을 높였다. 우리는 아이를 데리고 병원을 나섰다.

그 병원 안내 데스크 위에는 이렇게 쓰여 있었다.

"진료비는 선불입니다. 현찰만이 가능합니다. 진료비 반환은 안 됩니다."

아내는 돌아오는 길, 전철 안에서 펑펑 울었다.

7.

...

아무도 그것인지 알지 못했다

좀 더 일찍 알았으면, 좀 더 서둘러 병원에 찾아갔으면, 일찍 약을 먹고 일찍 치료를 했더라면, 이렇게까지 가지 않았을 것을, 조금 더 상태가 호전되었을 것을……

우리는 늘 지나간 뒤에야 후회한다. 무관심과 무지 때문에.

아무도 알려주지 않았던 병

아이는 고등학교 2학년 때 조현병을 앓기 시작했다. 그것이 무슨 병인지도 몰랐었다.

"애가 학교를 안 나가."

"왜? 어디 아픈가?"

"아니, 몸이 아픈 것 같지는 않은데, 좀 이상하네."

"좀 물어보지?"

"아무 말도 안 해. 뭔가 안 좋은 일이 있었는가 봐."

그 다음 날도, 또 다른 날도 학교에 나가지 않고 누워있었다.

"아니, 학교에 알아봤어?"
"학교 담임선생님한테 전화했어. 몸이 아파서 결석한다고. 혹시 아이가 학교에서 안 좋은 일이라도 있었냐고 물었는데 아무 일도 없었다고 하네. 이상해."

혹시 말하기 싫은 고민이 있는 것이 아닐까. 평소에도 자기 속마음을 터놓고 이야기한 적은 없었다. 말수가 적고 신중한 아이였기 때문에 그럴 수도 있다고만 생각했다.

학교에 안 나간 지 일주일이 되어서야 아내는 학교에 찾아갔다.

"애가 학교에 안 가려고 해요. 무슨 고민이 있는 게 아닐까요?"
"말없고 착실하게 공부만 하는, 학교에서도 모범이 되는 학생입니다. 누구하고 다투거나 싸우지도 않아요. 한 번도 혼낸 적이 없어요."
"무슨 고민이 있는 걸까요?"
"글쎄요……."

며칠을 더 기다려보기로 했다. 아이는 뭔가 거역할 수 없는 가위에 눌린 듯, 그물에 걸려 질식해 가는 물고기처럼 엎드려서 잠을 자는 듯 마는 듯 침대에만 누워있었다.

그렇게 거의 한 달이 다 돼서야 아무래도 이상하다 싶어 그제야 정신과 병원에 가서 진찰을 받았다. 생각지도 못했던 병이었기 때문에 신속하게 대처하지 못했다.

그때는 그것이 병인 줄도 몰랐다. 청소년기에 흔히 겪을 수 있는 정신적 방황이나 고민 같은 것인 줄로만 알았다. 시간이 지나면 가라앉을 사춘기 증상 같은 걸로만 이해했었다. 집에서도 학교에서도 아무도 그것이 정신 질병의 초기증상이라는 걸 알지 못했다. 이상 행동이 정신 질병인 줄 알았다면 초기 발병 때부터 좀 더 일찍 대응했을 터인데 황금 같은 시기를 놓쳐버렸다는 아쉬움이 컸다.

빨리 병원에 찾아가서 상담하고 필요하다면 약물치료와 함께 심리상담도 해볼걸. 그래서 아이의 이야기도 들어보고 적절한 처방과 함께 더 이상 나빠지지 않게 조치를 취할걸. 설마 하는 방심과 행여나 누가 알까 봐 숨기기에만 급급해서 아까운 시간을 놓쳤다는 자책감에 가슴을 저며야 했다.

정신질환은 감기와 같은 것

핀란드에서는 '오픈 다이얼로그(Open Dialogue)'라는 독특한 정신질환 치유 방식이 있다고 한다. 조현병 등 정신질환은 거의 10대 중후반 사춘기 때에 많이 걸린다. 핀란드에서는 정신질환 진단요청이 들어오면 의사뿐 아니라 가족과 친척, 이웃 주민들까지 모여서 환자와 함께 정신적 아픔에 대해서 토의하고 조언을 하며 공감대를 이루어 나간다고 한다. 정신의 아픔에 동참하여 마음을 나눈다. 정신적 질병을 결코 가볍게 여기지 않고, 한 사람의 정신적 질병은 곧 그 사람의 삶을 결정하는 중대한 사건으로 본다고 한다.

환자는 그로 인하여 자신이 사회 속에 고립되어 있지 않고, 정신의 혼란과 아픔을 자기만이 아닌 누구나 잠시 걸릴 수 있는 감기처럼 여기게 된다는 것이다.

무엇보다도 자기 주변의 든든한 우군이 있다는 사실을 인식하는 것이 중요하다. 불치의 병이 아니라 나을 수 있다고 격려해주는 말과 따뜻하게 바라봐주는 시선에서 결코 외롭거나 고립되지 않고 사회 속에서 살아갈 수 있다는 자신감과 치유의 힘을 길러낼 수 있다. 마음을 담은 눈빛은 무언의 소통창구다. 소리 없이 가슴에 와닿는다. 자주 눈을 마주치고 안심의 메시지를 보내주는 것이 어떤 약보다 중요하다. 최고의 소통은 눈길이다. 정신 질병도 숨기지 않고 공개해서 주위와 사회 공동체가 치유에 함께 참여할 때 감기처럼 가볍게 고칠 수 있다는 교훈을 얻을 수 있었다.

우리나라에서도 최근에는 일부 정신과 병원에서 환자들을 상대로 치료와 더불어 이와 비슷한 회복 프로그램을 시행하고 있다. 진료와 처방만 해주는 종래 병원 기능에서 벗어나 적극적으로 치유 단계까지 나가는 방식이다. 그래서 초진 때는 환자와 가족까지 불러 모아놓고 환자와 함께 허심탄회하게 정신적 질병에 대해 토로하고 치유를 관한 여러 지원방안을 함께 모색하고 있다.

이 방식은 두려움과 불안 속에 있는 환자에게는 큰 위안과 도움이 된다. 정신적 질병은 주위에서 공감하고 혼란과 고통을 함께 나눔으로써 치유가 될 수 있다는 중요한 사실을 깨달을 수 있었다. 우리나라에서도 정신이 혼란스럽고 아픈 사람이 있을 때 주위에서 따스한 눈길로 위로해 줄 수만 있다면 얼마나 좋을까.

세상이 차가울 때 우리는 떠날 생각을 한다

정신질환이라는 병이 무엇인지도 몰랐고 그 병이 내면의 정신세계를 어떻게 파괴시키는가를 알 수 없었다. 그래서 방치했고 병원 진단과 처방 이후에도 가족으로서 무엇을 지원해야 할지도 몰랐었다. 병이 깊어질수록 걱정만 했지 정작 쾌유를 위해서 무엇을 해야 할지 몰랐고, 알지 못하니 도움을 주지 못해 답답하고 속이 탔다.

정신질환은 한 개인과 가정의 책임만은 아니다. 한 사람의 정신건강 수준도 정신, 심리적 요인으로 그치는 게 아니라 사회 문화적 배경과 관련성이 있다. 개인의 독특한 개성이 사라지고 오직 뒤처지지 않도록 뛰어야 하는 무한경쟁의 사회에서, 그렇게 경쟁만을 강요하지 않았는지 생각해 봐야 할 것이라는 생각이 들었다. 도태되었을 경우에 아무도 돌아보지 않는 비정한 사회 속에서 초조함과 강박감을 가지고 살고 있지는 않은가 하는 의문이 들었다. 그래서 더 불안해지고 비관과 열등감만 깊어지고, 결국 정신적 질병으로 이어진다면 우리가 사는 이 사회가 따뜻하다고만 말할 수 없을 것이다. 어쩌면 우리 아이도 이 사회에서 버림받지 않기 위해서 공부해야 한다는 긴장의 끈을 지나치게 팽팽하게 당긴 것이 아닐까 하는 의구심 속에 생각만 깊어갔다.

우리나라 청소년 중 10대의 자살 건수가 한해 300명이라고 한다.(자료 출처: 중앙자살예방센터 2018년 자살통계자료집) 싱그럽고 드높은 꿈을 펼쳐야 할 청춘들에게 경쟁과 성공만을 가르치는 사회, 물질적 가치만 고집하는 사회가 그들의 죽음을 불러왔다. 가장 직접적인 원인은 아무도 이들의 고민에 진지하게 귀를 기울여주지 않았다는 외로움이었다. 그것은 차디찬 죽음의 그림자 같았다.

사람은 극심한 위기나 허전함 속에서 아무도 옆에 없고 버려졌다는 생각을 할 때 극단적인 선택을 할 수도 있다. 우리 주위에는 공허함 속에서 우울하고 비참한 고통의 회색지대를 걸어가는 사람들이 많다. 이들에게 책임과 의무만을 강요할 때 결국 선택할 수 있는 것은 죽음일 수 있다.

정신적 고통과 혼란의 문제는 한 개인의 문제라고 단정 지을 일이 아니다. 오픈 다이얼로그처럼 주위에 드러내놓고 말할 수 있어야 한다. 그래야 해결책을 찾고 더 이상의 피해를 막을 수 있다. 왜 우리나라는 정신건강이나 정신적 아픔에 대해서는 그러려니 하고 모른 척하는지, 정신질환도 하나의 질병일진데, 터놓고 말하지 못하고 혼자 아픔을 삭일 수밖에 없는 이 사회의 분위기가 안타까웠다. 암이나 신체 질병에 걸리면 토로하고 안타까움에 조언을 해주는 것처럼 정신 질병에 대해서도 툭 터놓고 논의하며 도움을 줄 수 있는 따뜻한 사회가 되었으면 하는 생각이 간절했다.

우리 사회는 경쟁사회가 아니라 공존사회로 가야 한다는 어느 작가의 말을 기억한다. 따뜻한 사회, 감성이 살아서 숨 쉬는 사회, 그래서 나와 이웃이 외롭지 않은 사회를 만들 책임은 지금 우리에게 있을 것이다. 지나간 뒤에 후회하지 않기 위해서.

무수한 의문과 생각들 속에서 고민은 사라지지 않았고, 질병과 사회, 그 절실함과 차가움 사이에서 방황하며, 온전히 제 삶을 살아내지 못하고 스러져가는 현실이 안타깝기만 했다

제2장

출구 없는 블랙홀, 정신장애를 인정하다

1.

...

나를 정말로 절망으로 이끌었던 것들

우리 아이가 정말로 평생을 약만 먹다가 회복하지 못하고 영원히 잠 속으로 빠져드는 것은 아닐지, 시간이 주어지고 병원에서 치료만 잘 된다면 바로 사회에 나가서 새롭게 살 수 있을 것이라는 믿음은 서서히 사라지고 있었다. '재기불능'과 '장애'라는 말이 현실로 다가오기 시작했고 마음은 무겁고 산란했다.

무지와 편견 속에서 깊어지는 병

약물에 취해 잠 속으로만 빠져드는 아이를 보면서 바위에 짓눌린 것 같은 무거운 마음이 사라지지 않았다. 이러다가 끝내 식물인간이 되어 영원히 일어나지 못하는 것은 아닐까.

도대체 어쩌다가 이 지경까지 이르렀는지, 이건 아니다 싶었다. 중병에 걸린 것도 아닌데 정말 이럴 수는 없었다. 병원에 찾아가서 상담했지만 신통한 이야기는 들을 수 없었다. 아이의 이야기를 몇 마디

들어보고 약 성분을 조절해주는 선에서 그쳤다. 강력하고 집요하게 잠으로만 끌고 나가는 반복적인 패턴에서 어떻게 벗어나야 할지 앞이 캄캄했다.

도대체 어떻게 해야 회복되어 일어설 수 있을까. 정신질환에 관한 서적이나 인터넷 자료들을 찾고 또 찾았다. 무엇이 원인이고 회복은 어떻게 하는 것인지를 탐구했으나 여전히 속 시원한 해답을 찾을 수 없었다.

누군가와 터놓고 의논하고 나를 지탱하게 해줄 이야기를 듣고 싶었다. 상담전문가나 스님들을 찾아가서 물어보았지만 정신건강에 관한 원론적인 이야기만 들었다. 그들이 정신질환을 겪어보거나 치유경험은 없는 사람들이다 보니 한계가 있을 수밖에 없었다는 것을 인정해야 했다. 그렇다고 친구들이나 친척들에게는 더욱이 알릴 수 없었다. "네 자식을 어떻게 키웠으면 그 모양이 되었느냐, 멀쩡한 자식을 그렇게 만들어놓고." 이런 소리나 들을 것이 뻔하다. 실제로 우리 가족마저도 그랬다.

나의 어머니는 자식밖에 모르고 애지중지하더니 애가 그 모양이 됐다고 아이 엄마를 탓하기도 했다. 둘째 아이도 형은 군대에 갔다 왔으면 강인한 인내력을 키웠을 텐데 왜 군대에 안 보냈느냐고 했다. 속 타는 가족의 심정을 누가 이해할 것인가. 그래서 정신장애자 가족들은 체념하고 무력감 속에서 살아갈 수밖에 없다.

우리 사회에서 정신적 질병에 대해서 우리가 갖고 있는 선입견과 편견, 무지가 얼마나 큰 것인지를 새삼 깨달을 수 있었다. 정신적 병에 대해 언급하는 것조차도 터부시하고 배척하는 우리 사회의 풍조가 또한 그러하다. 정신 질병의 치유와 회복에 대한 사회적 담론이나 공론화가 이루어지지 않는 것도 다 이런 이유가 있었던 것이다.

인간 정신의 무한하고 오묘한 신비에 비해 의학적 접근은 도식적이고 왜소했다. 현대의학은 정신질환이 일어나는 생물학적 원인을 규명하고 뇌 호르몬의 정상 분비를 위한 약물을 발견했다. 미국의 케네디 대통령 시절에 최초로 항정신성 약물이 개발되었을 때만 하더라도 수많은 정신질환자들에게는 복음과 같은 희소식이었다. 이제 정신병원은 없어질 것이라는 기대감이 있었다고 한다. 그러나 약물을 복용하면서 퇴원한 정신과 환자들이 불과 몇 년도 안 되어서 다시 정신병원 병상을 채웠다.

의외의 결과였다. 원인은 퇴원한 그들이 지역사회 생활에 적응하지 못하고 다시 돌아온 것이다. 그들이 일반인들과 어울려 살아갈 만한 사회적 지원이 없었던 까닭이다.

정신 질병 치료의 핵은 약물에 의한 안정과 증상 개선을 통해서 사회적 기능회복이 목표다. 그러나 실상은 그렇지 않았다. 왜 정신질환은 치료 후 사회에서 제 역할과 기능의 수행으로 이어지지 않을까. 이러한 사실들은 내가 뒤늦게 안 사실들이지만 사회적으로 합의가 안 되고 지지기반이 없는 상황에서 혼자서 심각하게 고민하고 답을 찾으려 했었다. 치료와 더불어 회복 과정에 대한 개별적이고 검증된 시스템과 서비스 체계가 없었던 것이었다.

버려진 사람들, 갇혀있는 사람들

방황과 혼란 속에서 아이의 아픔을 지켜보면서 정신 질병에 걸린 사람들을 돌아다보았다. 내가 응시한 것은 쓰라리고 어두운 현실이었다.

지금도 수많은 정신질환자들이 장애로 굳어서 사회에 나오지 못하고 병원 안에 입원하고 있다. 또는 만성질환자로서 음지에서 숨어서 투명인간처럼 지내고 있다. 우리 사회는 이러한 사실을 굳이 외면하고 있다.

치료만 한다고 해서 모든 문제가 해결되는 것은 아니다. 병원에서 치료하고 곧바로 사회적 기능을 회복할 수만 있다면 얼마나 좋을까. 사회적 기능회복을 위한 별도의 재활 서비스 체계가 필요하고, 그들이 다소 어눌하고 느리더라도 더불어 함께 살아갈 수 있도록 이 사회가 받아주어야 하지 않을까 생각했다.

치료가 되어도 막상 사회에 나가서 자기 역할을 할 수 없는 사람들이 많다. 어떻게 하면 학생으로, 직장인으로, 한 가정의 가장으로서의 역할을 해낼 수 있을까? 더 이상의 행복도 아니다. 지극히 평범하게 사는 것이 이들의 소원이다.

그들이 원하는 것은 거창하고 들어주기 힘든 것이 아니다. 사람으로 대접받고 사람답게 사는 것, 그들의 꿈이고 희망이다. 사회에서 이들의 소망에 귀를 기울여주고 그들이 함께 살아갈 수 있는 터전을 만들어줄 수 있는 때가 언제나 다가올까.

내가 상상했던 것과는 달리 현실은 차고 견고했다. 차별과 편견은 콘크리트 벽처럼 강했고 이들이 사회에서 설 자리는 없었다. 절망적인 현실, 고립된 삶, 굳어버린 희망은 그들의 표상이 되어 버렸다. 그래서 외면할 수 없었다. 같은 시대를 살아가면서 질병으로 인한 소외와 고립이라는 첨예하고 모순된 문제가 빗는 참상을 수긍할 수 없었다. 이들에게는 아무리 환한 대낮이라도 빛이 들지 않는 캄캄한 세상이었다.

사회에서 관심 받지 못하는 이들의 삶은 불안과 불완전함 속에서 무의미하게 공전하고 있었고 시간은 늘 강한 자 옆에 섰다. 사회는 무관심했고 힘없고 소외된 사람들은 시간의 테두리 밖에서 맴돌았다. 희망은 떠오르지도 않으며 가라앉지도 않으며 밋밋하게 굳어 있었다.

차별과 무관심이 일상화된 회색빛 도시, 질식할 수밖에 없는 차가운 어둠의 그늘에서 얼마나 버틸 수 있을까. 외면당하고, 함부로 취급되고, ― 그래서 더 이상 삶을 기약할 수 없는 ― 음지에서 죽어가야만 하는 이 고단한 사람들의 이야기는 나를 절망으로 이끌었다.

2.

...

조현병? 그게 무슨 병인데?

대체 무엇일까. 이 어둡고 암울한 것의 정체는?
사라지지 않고 해결되지도 않는 문제, 혼돈 속 위태로운 시간들,
차라리 악몽이었으면.
희박한 빛조차 없는 동굴 속에서의 아득함을 느꼈다.
불가해하고 끝 모를 고통의 시간들은 언제까지나 계속될까.

조현병에 걸린 사람들

의학적 정의는 아니나 일반적으로 조현병[調絃病]은 인간의 사고와
감정체계에 이상을 일으켜 와해되고 분열된 행동으로 일상생활에 지장
을 초래하는 병이라고 말할 수 있다. 병명을 조현병이라고 정한 것은
현악기의 줄이 고르지 않을 때 이상한 소리가 나는 것에 기인한 것이
다. 조율되지 않은 현악기처럼 정신의 음색이 고르지 않다는 의미다.

예전에는 '정신분열증'이라는 이름으로 불렸다. 하지만 이 단어에서
느끼는 어감이 부정적이고 왜곡된 느낌을 주기 때문에 2011년도에 '조

현병'이라고 개명을 하게 된 것이라고 한다. '정신분열'이라는 언어가 주는 이미지가 마치 한 사람의 정신세계가 총체적으로 망가져서 도덕감과 윤리의식까지 마비된 비인간적인 사람을 연상시키기 때문이다.

UN 장애인권리위원회에서는 정신장애인이라는 이름 대신 '사회심리적장애인(Psychosocial Disability)'이라고 부르고 있다. 정신장애를 개인의 문제로 보지 않고 사회 구조적 문제와 관련이 있음을 시사하는 말이다.

지역사회 공동체가 해체되고 핵가족 체제로 이루어진 현대에서 조현병 집단이 관리대상으로 주목받기 시작했다. 서구에서는 정신이상 환자들을 공공의 적으로 간주하여 마녀사냥 식으로 고문하고 가두고 학살했던 반문명적 역사가 있다.

근세에 들어 2차 세계대전 중 히틀러는 우수한 게르만 종족을 보존한다며 정신 질병을 가진 사람들을 20만 명 이상을 학살했다. 또한 중국의 모택동 정권에서도 이와 비슷한 사례가 있었다. 사회심리학자 미셀 푸코가 지적한 대로《광기의 역사》의 한 부분이었다.

그러나 우리나라에서는 최소한 정신이상자를 가두거나 고문, 학살했다는 역사의 기록은 찾아볼 수 없다. 우리나라 지역사회 공동체에서는 다소 정신적 이상이나 모자람이 있는 사람들을 배척하거나 따로 관리하지 않았다. 지역사회에서 품고 같이 살아왔었다. 미욱하든, 언청이든, 얼굴이 째보든, 시각, 청각 장애인이든, 한 부락의 일원으로서 대우해주고 함께 살았다.

그러나 현대사회에 들어 산업화가 시작되고 공동체 사회가 무너지면서 자연스레 정신장애인들이 수면 위로 드러나기 시작하면서 관리해야 할 문제의 사람들로 분류되었고 많은 사람들로부터 주목을 받기 시작했다.

　어느샌가 그들은 이 사회에서 배척되고 혐오스러운 사람이 되었다. 심지어는 예비 범죄인으로 지목되어 멸시와 기피의 대상이 되고 말았다.

　전 세계 조현병의 평생 유병률(개인이 평생 한 번이라도 걸릴 비율)은 1%라는 통계가 있다. 이 숫자는 전 세계 모든 나라가 공히 비슷하다고 알려져 있다. 그렇다면 우리나라의 경우 조현병 환자의 수는 국민 정체의(전체의) 1%인 약 50만명으로 추산된다. 그들의 가족까지 포함한다면 대략 200만 명이 넘는 국민들이 조현병으로 고통 받고 있는 셈이다.

　왜 하필 1%에 우리 아이가 들어갔을까? 발병 원인이나 예후, 치료에 대해 잘 알려지지 않은 병, 1%라면 국민 50만 명 이상이 앓고 있다는 이 병은 태생적으로 정신적 결함이 있는 희귀한 사람들에게만 오는 병이라서 그랬을까? 어떻게 해야 나을 수 있을까.

　너도 모르고 나도 모르는 이 병을 어떻게 치료해야 할지, 어떤 기대를 가질 수도 없고 이렇다 할 대책도 없이 안고 가야만 한다는 사실은 내 가슴을 무겁게 짓눌렀다.

도파민의 장난

일전에 어느 정신과 의사의 재미있는 강의를 들은 적이 있었다. 조현병에 관한 의학적 이야기를 경험에 비추어 말해주었다.

도파민은 뇌에서 작용하는 신경전달 물질 중에 하나다. 도파민은 우리가 무언가 성취했을 때의 만족감이나 행복감을 느끼게 해준다고 한다. 그래서 '행복호르몬'이라고 한다. 정신적 질병은 우리의 뇌 호르몬 분비작용의 불균형에서 발생하는 육체적인 질병이라고 한다.

조현병은 정신질환 중에서도 도파민이 과잉 분비되면서 발생하는 병이라고 했다.

우리가 이성 간의 사랑을 할 때도 도파민이 왕성하게 분비된다고 한다. 그래서 잠시 환각처럼 이성의 아름다움과 기대감에 푹 빠진다고 한다. 그러나 도파민 호르몬은 그리 오래 머물지는 않는다고 한다. 3년이 되면 거의 사라진다. 더불어 영원할 것 같았던 사랑의 감정도 함께 사그라진다는 것이다. 그래서 '사랑의 시효기간은 3년'이라는 말이 생겼다고 한다. 결국 사랑도 도파민의 장난이라는 말이 된다. 그래서 도파민이 사라지기 전에 얼른 결혼해야 한다는 우스갯소리도 있다.

현대 과학은 도파민 같은 뇌 호르몬 분비물질을 적정량으로 조절할 수 있는 항정신성 약물을 개발했다. 조현병, 우울증 등 정신질환을 겪는 많은 사람들이 약물로 인해 증상을 긍정적으로 조절할 수 있게 되었다.

그러나 약물이 정신치료의 전부는 아니었다. 분명 약물의 도움을 받아야 하지만 부작용이 없을 수는 없다. 정신질환뿐 아니라 모든 병에서 약은 항상 부작용이 따를 수 있다. 부작용이 없는 완벽한 약은 없다. 인간의 정신세계는 가늠할 수 없는 심해처럼 신비롭고 깊은 오묘함을 간직하고 있다. 약물은 한 사람의 몸과 정신을 지배한다. 그러나 인간 정신의 한 순간의 빛, 떨림, 그 형언할 수 없는 미세한 파동들까지 어떻게 조절할 수 있을까.

약물은 정신 질병 치료에 도움을 주지만 생각처럼 간단치 않다. 현대 과학이 아무리 발전했다 하더라도 아직은 인간의 정신을 해부하고 사고체계를 바꿀 수 있는 해석이나 명확한 설명체계를 갖추지는 못했다.

이런 상상을 해본다. 약 한 알만 먹으면 거뜬히 회복되고 곧바로 정상적인 사회생활을 할 수 있다면 얼마나 좋을까. 먼 미래 세계의 이야기만은 아닐 것이다. 그렇게 된다면 우리의 감정과 사고도 과학의 힘에 의지하게 될 것이다. 어쩌면 우리가 누구를 사랑하고 미워하는 것조차도 생화학 기술로 통제할 수 있을 것이다. 미워하는 사람을 잊으려면 간단히 약 한 알만 먹으면 끝이라는……. 그렇게 된다면《사피엔스》의 저자 유발 하라리가 예언한 것처럼 우리 인간인 호모사피엔스의 시대가 종말을 고할 것이다.

미래에는 초고도의 지능을 갖고 감정까지 통제할 수 있는 사이보그 인간이 우리를 지배할 지도 모른다. 사랑과 미움의 감정, 지능까지도 관리할지 모른다. 과학은 우리에게 절대적으로 필요한 시대가 되었다. 하지만 과학의 발달이 반드시 좋은 것만은 아니라는 생각이 들었다.

약물은 아이의 불안감과 망상 증상이 과도하게 일어나지 않도록 조절해 주었다. 그러나 회생될 수 있는 의욕까지도 차단시키고 죽음과 같은 잠을 지속시켰다. 지금은 새롭게 진보된 약물들이 개발되고 부작용은 현저하게 줄었다.

나는 치료에 대한 목표를 세우고 비전과 희망을 가질 만한 아무런 단서조차 찾지 못했다. 내가 어떻게 해야 아이를 회복시킬 수 있을까? 더 이상의 치료 방법은 없는 것일까? 조현병이 어떻게 해서 오는 것인지 알기는 더욱이 어려웠다. 치유와 회복의 길 역시 깜깜했다. 차라리 세계는 환영(幻影)이고 산다는 게 꿈꾸는 것이라면, 그러나 현실의 벽은 두텁고 단단했다.

이대로 지켜만 보고 있을 수는 없었다. 이제 정말 어디서, 무엇을, 어떻게 해야 할까. 해가 질 때마다 하루하루는 모호하고 절박한 시간 속으로 흩어지면서 저물어갔다.

3.

...

칠흑 같은 야밤에 빗속을 뚫고 가다

우리는 늘 시간에 굶주렸고 시간은 우리 편이 아니었다. 사회의 장벽은
높았고 시간과 계절은 우리의 의지를 꺾었다. 그러나 우리는 빛을 찾을
것이다. 그 빛들은 바람에 불려가지 않을 것이다. 빛들은 부서지고 다시
태어날 것이다.

학교에 다니다

무엇을 선택해야 할까. 평생을 병원에 찾아다니며 약을 먹고 취해
몽롱한 눈길로 살아가게 해야 하나, 아니면 아이가 일어설 수 있도록
어떤 준비를 해야 할까. 뭔가 하기는 해야 하는 것 같은데 발걸음은
무겁고 갈 길은 보이지 않았다.

이대로 주저앉을 수는 없었다. 아이가 할 수 있는 그 무엇을 찾아내
서 해야만 했다. 어떻게 해주어야 할까. 아내와 나는 마루에서 허공
을 응시하며 생각에 잠겼다.

문득 아내가 말했다.

"이대로는 안 돼, 학교를 마저 보내야 해. 절대 이렇게 놔둘 순
없어."

"그래, 맞아. 장애가 있는 사람들이 다니는 학교 있잖아, 대안학교
말이야."

"아, 그렇다. 왜 지금까지 그 생각을 못했을까?"

"어차피 힘들고 시달릴 바에야 아이를 대안학교를 보내 졸업이라
도 시켜야지. 우리 아이는 적응할 거야."

우선 집단생활에서 규칙적인 생활로 자신감을 찾아가는 것이 좋을
것이라는 판단 아래 우리는 아이가 다닐 수 있는 대안학교를 수소문
했다.

전라도 영광에 있는 한 고등학교에 찾아갔다. 영광 해안도로 주변
경치 좋은 곳에 위치한 아담한 학교였다. 학교 앞에는 초록빛 잎사귀
사이로 푸른 강물이 넘실댔다. 그 학교는 모 종교재단에서 운영하는
중등학교 과정을 교육하는 학교였다. 학교 측에서는 친절하게 과정
을 안내해주고 아이의 긴장을 풀어주었다.

유난히 낮아 보이는 학교의 담장 위로 봄의 정겨운 햇살이 쏟아져
내리고 있었다. 부모에게 손을 흔드는 아이의 모습을 뒤로하고 나섰
다. 아이의 표정에는 더 이상 고립이 아니라 이곳에서 새로운 출발을
해야 한다는 긴장감이 역력히 어려 있었다. 연초록의 산기슭과 골짜
기에 새소리가 자욱했다. 우리는 푸르고 싱싱한 자연의 기를 받아서
아이가 회복되기를 바랐다.

남도의 짙은 서러움이 물씬 배인 황톳길이었지만 길을 나서는 우리의 발걸음은 가벼웠다. 다행히 그곳에서 아이는 적응을 해나갔고 우리는 비로소 안도의 한숨을 내쉬었다.

　며칠 후 아내는 아이가 보고 싶어서 못 견디겠다며 칠흑 같은 야밤에 빗속을 뚫고 이곳 과천에서 영광까지 차를 몰고 나섰다. 검은 들소처럼 들이닥친 아내는 그곳 학교 선생님들을 놀라게 했다.

　"내 아이가 너무 보고 싶었어요. 못 참겠어요."

　아내는 아이를 두고 온 허전한 마음에 통증처럼 가슴앓이를 했다. 우리는 주일마다 학교에 찾아가서 아이를 보고오거나 집으로 데려오고 다시 태워주는 일을 반복했다. 아이가 차차 그곳에서 급우들과 어울리기도 하며 재미와 활력을 찾아갔다. 이제야 비로소 재기의 희망이 보이고 우리의 고생도 끝나가는 것 같았다. 시간이 지나면서 어려운 숙제가 해결되는 것 같아 감사할 따름이었다. 1년간에 걸쳐 고등학교 3학년 과정을 무사히 마치고 졸업식에 참석했다.

　아이는 학교생활에 모범이 되고 교육 과정에도 성실하게 잘 임해주었다고 해서 모범상 표창을 받았다. 우리는 손이 뜨겁도록 박수를 쳤다.

　아이는 그곳에서 부담 없는 수업 일정과 선생님들의 따뜻한 관심 덕분에 잘 적응할 수 있었고 졸업식장에서 상장도 탔다. 고등학교 과정을 무사히 마쳤다는 뿌듯함이 컸다. 이제부터는 무엇이라도 도전해볼 수 있겠다는 자신감도 함께 가졌다. 우리 부부는 최초로 '할 수 있다'라는 아이의 가능성을 보고 마음이 들떴다.

 아이가 집에 온 후 재발증상이 나타나 가슴을 퍼덕였다. 다시 병원에서 약 처방을 받아 복용시키고 안정을 취해야 했다. 학교 다닐 때 약을 지속적으로 복용시키지 못한 것이 후회스럽기도 했다.
 그 이후 아이는 집에 와서 물품창고에서 물건을 정리하는 아르바이트를 몇 달 동안 했다. 그러다가 유리 박스를 들고 가다가 넘어져서 발을 다쳤다. 상처가 깊어 오랫동안 치료하느라 아르바이트를 그만둘 수밖에 없었다. 이후 지인의 소개로 과천 경마장 주차관리요원으로 6개월 정도 일을 했다.

 우리 부부는 보다 나은 아이의 진로와 꿈을 찾아주기 위해 애를 썼다.
 나는 직장에서 동료직원이 추천해주는 전화국 고용직으로 아이를 취직시키기로 했다. 아이도 한번 해보겠다는 의욕을 가졌다. 아이를 면접을 보게 하였다. 그러나 이것이 화근이었다. 일반 직장 생활에 적응하기에는 아직 부족하다는 점을 애써 외면하고 아이가 이제는 할 수 있다고 능력을 너무 과신한 탓도 있었을 것이다.
 아이는 면접을 보고 와서 곧바로 침대에 드러누웠다. 면접 과정에서 조롱기 섞인 질문을 받았던 것 같았다. 그것이 아이에게는 치명적인 상처가 된 것 같았다. 아이는 자존감에 상처를 입고 스스로 고립되면서 점차 무력하게 허물어져갔다.
 다시 병원에 찾아가서 상담과 약 처방을 받았다. 약기운으로 인해 잠 속으로만 빠져 들어갔다. 내 생각으로만 성급하게 서둘렀던 것이 패착의 결정적 원인이었다.

시간이 가면서 나아질 것이라는 기대는 늘 우리를 유혹했고 현실은 거부했다. 정신 질병을 가지고 사회에서 자립한다는 것이 그리 호락호락하지 않다는 교훈을 얻었다. 나의 방심과 경솔함을 자책했다. 다시 시작해야 했다. 1년 정도가 지나면서 아이의 상태가 조금 호전된 기미를 보였다.

지나가는 계절에는 우리의 안타까움과 간절함이 녹아 있었고 계절은 계절을 극복하지 못했다. 가는 계절은 다른 계절에게 우리의 아픔을 넘겼고 새로운 계절은 다가오는 계절에게 넘겨줬다.

우리가 없더라도 아이에게 앞으로 사회생활에서 홀로 살아나가기 위해서는 무언가 기술을 배우지 않으면 안 된다는 강한 의무감이 다가왔다. 국비로 지원하는 기술학교를 보내면 어떨까 하는 생각을 했다. 아내와 상의하고 아이에게 조심스럽게 의사를 타진했다. 아이도 긍정적으로 동조를 했고 학교생활을 할 수 있을 것 같다고 했다. 희망은 쉽게 볼 수 없었고, 희망과 절망의 경계는 모호하고 불분명했다. 너울거리는 경계 속에서 희망의 끈을 찾아가는 우리의 도전은 계속됐다.

인천에 있는 국비 기술학교에서 컴퓨터, 디자인, 기계공학 관련 학생을 모집하고 있었다. 우리는 아이를 컴퓨터제어과 2년제에 등록시켰다. 기숙사 생활을 하면서 수업을 들었다. 이곳에서도 아이는 비교적 잘 적응하였다. 나는 아이에게 포기하지 않고 능력껏 기술을 배워서 사회에 적응할 수 있도록 격려하였다.

그곳 기숙사에서 지내면서 일주일에 한 번씩 집에 데려오고 태워주곤 하였다. 학교에서 그곳 동료들과 어울렸고 무리 없이 적응하였다.

단체 생활에 익숙해진 아이는 큰 스트레스를 받지 않고 독립심을 키워나갔다. 작업복을 입고 창백한 표정을 짓고 있는 아이를 보니 안쓰러운 마음이 들었다. 이제 정말로 아이가 기술을 배워서 편한 곳에서 직장생활을 해나가기를 빌었다.

2년 과정을 마치고 아이는 졸업을 하였다. 전자공학 계통에는 흥미가 없었던 듯 학위는 따지 못했다. 그러나 2년 동안 성실하게 학교생활을 무난하게 마쳐준 것만으로도 고마웠다. 꼭 기술이 아니라도 공동생활과 학습경험을 통해 사회 적응을 할 수 있는 계기가 되어주면 하는 바람뿐이었다.

하지만 아이는 집에 온 이후에 다시 무력감에 휩싸여 아무것도 하지 못했다. 증상은 롤러 코스트를 타고 내리듯 급격하게 내리막으로 갔다.

자기를 다르게 바라보는 사회의 눈길을 더 이상 견뎌낼 자신이 없는 듯했다. 오랜 좌절 속에 굳어진 열등감과 자존감의 손상이었다. 뭔가를 해야 한다는 것은 아이도 인식하고 있었으나 그것이 자기 뜻대로 되지 않는다는 것에 실망하고 자학을 하고 있었다. 자신을 드러낼 수 있는 아무런 장점이 없었던 만큼 사회로의 진입은 험난하기만 했다.

　방 안에서 잠을 자거나 아니면 컴퓨터 게임을 하며 낮과 밤이 뒤바뀐 생활을 거듭했다. 오랜 세월을 거치면서 자기부정과 능력에 대한 열등감만 깊어져 갔다. 비난과 자학 속에서 좀처럼 벗어나지 못하고 일어서지 못하는 아이를 보면서 이제 또 무엇을 할 것인지 시름만 깊어갔다. 시간은 시간 속에 안주했고 기대했던 시간은 내 편이 아니었다.

4.

...

마침내, 빛을 발견하다

더 이상 절망의 바다에서 주저앉을 수만은 없었다. 바깥에서 치유의 답을 찾아 나섰지만 길은 보이지 않았다. 금맥의 줄기를 찾듯이 한 걸음씩 더듬 거리며 나아가보자. 언젠가는 빛이 보일 것이다.

생명체에 대한 헌신과 봉사, 강도 높은 근력운동은 아이의 정신과 육체를 거듭나게 했다. 새로운 환경은 무거운 적막을 깨고 우리를 향해서 환하게 웃었다.

자전거를 타다

치유와 성장의 기회는 우연하게 다가왔다. 직장생활을 하면서 알게 된 후배가 말했다.

"형님, 아들이 우울증 같은 거 때문에 고생한다는데 저하고 자전 거를 같이 타보면 어떨까요?"

그 후배는 MTB 자전거 동호회에서 열심히 활동하고 있었다. 아이를 설득해서 몇 번 자전거를 타고 다니게 했다. 아이는 자전거를 타고 야외에 나가서 이야기도 나누고 맛있는 먹거리도 사먹고 재미를 붙여나갔다. 나와 아내는 아이의 자전거를 구입해주고 응원했다. 자전거 동호회 회원들이 우리 집에 놀러와 함께 이야기를 나누며 웃음꽃을 피웠다. 아이도 재미있어 했다.

"애가 힘이 좋아서 지치지 않고 제일 앞서가요." 하면서 아이를 칭찬하며 동생처럼 허물없이 대해주었다.

아이가 자전거 운동을 통해서 활력을 찾아나갔다. 또 하나의 가능성을 보았다. 비로소 우리는 안도의 숨을 내쉬었다. 이제는 더 이상 혼자 있지 말고 사람들과 어울려 자신감을 찾기를 바랐다. 우리 앞에 새롭게 다가온 희망의 빛이 사그라지지 않게 기도했다.

아이는 주말마다 지리산, 강원도 속초 등 원거리 자전거 여행을 다니며 한껏 기량을 넓혀갔다. 약도 꾸준히 복용하였다. 예전같이 독하지 않아서 무력감도 덜 한 것 같았다.

"형님, 아들이 보기하고는 달라요, 같이 이야기를 할 때마다 느끼지만 정말 속이 깊어요."

집에서는 말이 없었다. 자기 속마음을 털어놓고 이야기할 상대가 없어서 답답했었던 것 같았다.

그러기를 6개월 후 후배가 자전거를 타다가 다쳐 입원했다. 계속할 것 같았던 자전거 동호회 활동도 나가지 않고 그만두었다.

계속 오를 것만 같은 회복 곡선은 다시 원위치로 돌아왔다. 환절기 독감처럼 강박과 피해망상 증상이 다시 나타나며 숨막히는 불안감을 호소했다.

하얀 병동

그해 봄에 창백하게 고사되어 가는 아이를 서울 소재 종합병원 정신과에 1개월 입원시킬 수밖에 없었다. 계절이 다시 돌아오는 것처럼 회복과 재발은 반복됐다.

생의 모든 것을 포기한 듯 아득하게, 쓸쓸하게 웃는 아이의 얼굴을 보면서 생애가 맥없이 부스러지는 것을 느꼈다. 어두운 음지 속으로 들어가 영영 사라져버릴 것 같은 조바심은 바닥없는 시간 속으로 사그라지는 노을빛으로 내 앞에 번져 있었다.

한 달간 입원하면서 집중 치료를 받았다. 병원에서 아이에게 가장 적합한 약을 찾아서 복용시킨 덕인지 상태가 좋아졌다.

일렁이는 도심의 물결 속에서 하얗게 떠있는 병동을 뒤로하고 퇴원을 하였다.

아이는 그곳에 있는 같은 병을 앓고 있는 다른 환자와 어울렸다. 같이 입원한 환우 중에서 또래의 친구를 사귀었고 소통하였다. 많은 이야기를 나누면서 서로를 이해하고 격려했다.

아이는 그곳에서 자기보다 더 힘든 환자들의 고통을 보았다. 그들과 대화를 나누면서 자기 정체성을 찾아갔다. 자기만이 힘든 것이 아니라 더 아픈 환자들이 있다는 것을, 그들이 겪는 고통이 결코 소소하지 않다는 것을 알았고 그들이 좌절하지 않고 회복을 위해서 열심히 노력하는 모습에 힘을 얻었다. 아이는 퇴원 후에도 그곳에 있는 친구와 연락을 주고받았다. 어디에서든 동료는 가족 이상으로 끈끈하고 중요했다.

썰물과 밀물처럼 교차하는 회복과 좌절의 물결 속에서 아이는 희미하게나마 전에 볼 수 없었던 모습을 보여주었다. 무력감과 캄캄한 잠에서 서서히 벗어나고 있었다. 집에만 있지 않고 나름대로 취미거리를 찾아서 나선 것이다.

컴퓨터 게임을 하다가도 인터넷 서핑을 하면서 나름의 활동 방향을 모색하기 시작했다. 그것은 한 마리의 새가 거친 바다를 넘어 항해하기 위한 날개를 세우는 몸짓이기도 했다.

아이는 음향을 만들고 선집하는 디스크자키 학원을 찾아서 매일 다니기 시작했다. 자신의 가능성을 찾아 나선 첫 걸음이었다. 무수한 좌절과 난관 속에서도 구원의 불빛은 다가왔다. 또 다른 설렘과 기대를 걸었다. 무엇이 되든 좋았다. 사회 속에서 자기가 안주할 길을 찾을 수만 있다면, 그것이 장래성이 있든 없든 생계에 도움이 되든 안 되든 그런 것은 아무런 문제가 되지 않았다. 그저 나갈 곳이 있고 생활의 리듬을 찾아 주기만을 바랐다. 그것은 절실한 우리의 소망이었다.

집에서도 기적 같은 변화가 시작되었다. 아이가 자기 방에 벤치프레스와 역기를 갖다놓고 간간이 운동을 하는 모습이었다. 오랜 동면에서 깨어나서 자기 갈 길을 찾아 나선 곰처럼 서서히 기지개를 펴는 것 같았다.

미리 예정된 운명의 조화였을까. 시간은 우리 편이 아니었다며 비관하며 방황했던 내 모습이 부끄러웠다. 그동안 얼마나 헤매고 좌절하며 낙담했던가. 영영 날지 못할 것 같았던 새가 날갯짓을 하며 창공을 향해 날 준비를 하고 있었다. 그동안 좁은 둥지 안에서 얼마나 답답하고 힘겨웠을까.

그 무렵 생활 속 면역력을 키우기 운동에 관련된 책을 읽고 벼락같은 깨달음이 왔다. '그래 맞아, 바로 이거야, 정신의 질병이 반드시 정신력으로만 극복되는 것은 아니야, 신체의 건강이 곧 정신의 건강이기도 해.' 이제야 해답을 찾은 것 같은 기분이었다. 그 평범한 답이 왜 이렇게 멀리에 있다고 느꼈을까.

사람의 몸과 정신은 따로 존재하는 것이 아니고 한 사람에게 동시에 존재하며 서로 영향을 주고받는 것이다. 운동을 통한 정신의 강화라는 말이 기억났다.

책에는 운동으로 긍정적인 사고 및 감정을 가질 수 있으며, 우울감을 비롯한 불안 등의 부정적인 감정을 사라지게 할 수 있다고 적혀 있었다.

나는 아이에게 적극적으로 운동을 하면서 체력을 키워나갈 것을 당부하였다.

우리를 구원할 한 줄기의 빛이 서서히 다가오는 것 같았다. 그것은 어느 날 아침 갈대숲 사이에서 보았던 투명한 한 줄기의 빛 같은 것이었다.

이사를 하다

3월의 어느 날, 목련 꽃 위에 화사한 봄 햇살이 눈부셨다.

아이의 병이 발병된 지 10년이 넘었다. 동네에서도 집에만 있는 아이에 대한 이상한 시선이 느껴졌다. 우리는 아이에게 새로운 환경을 만들어주기 위해 과감하게 이사를 고려했다.

인간은 환경의 영향에서 자유로울 수 없다. 환경과 인간은 서로 영향을 주고받는 불가분의 관계다. 마음의 변화도 환경의 변화로 촉발될 수 있다. 어쩌면 새롭게 바뀐 환경에서 깊은 늪에서 빠져나올 수 있는 아이의 역량이 생길 수도 있다는 생각이 들었다. 매일 되풀이되는 똑같은 패턴에서 벗어나기 위해서는 결단이 필요했다.

수원 변두리의 아늑한 산 밑에 자리 잡은 아파트로 이사를 했다. 아이도 새로운 환경의 변화에 전에 볼 수 없었던 의욕을 가지는 것 같았다. 아이는 서울에 있는 헬스클럽에 등록을 하고 근력운동을 이어나갔다. 우리는 크게 고무되었고 이번만큼은 쓰러지지 않기를 빌었다. 우리의 우려와는 달리 아이는 거르지 않고 꾸준히 다녔다.

하지만 집에 오면 자기 방에 엎드려 죽은 듯이 잠을 잤다. 오랜 세월 아이를 지배하였던 무력감이라는 관성의 터널에서 쉽게 벗어나지 못하였다. 나는 아이에게 정서적인 면을 자극할 수 있는 계기를 만드는 것도 좋을 것이라는 생각을 했다.

"우리 집 근처 야산 속에 꿩이나 고라니가 살고 있는데 걔들이 겨울에는 먹을 것이 없어 굶고 있단다. 우리가 먹다 남은 음식을 주면 잘 먹을 거야." 하면서 같이 가보자고 했다. 아이는 고개를 끄덕였다.

아이와 나는 남긴 반찬과 음식들을 싸서 눈 쌓인 야산 등성이에 뿌려 놓았다. 다음날 가보면 신기하게도 남김없이 다 먹었다. 그것이 꿩이든 고라니든 들고양이든 상관없었다. 눈 위에는 고라니와 새 발자국 같은 무늬들이 어지럽게 찍혀있었다. 그 뒤부터 우리는 매일 저녁마다 먹이를 주러 둘레 길을 한 바퀴씩 돌았다. 동물들이 우리가 주는 먹이를 먹었다는 사실을 확인하는 즐거움을 키워 나갔다.

배고픈 생명체에게 음식을 나눠주는 즐거움은 우리의 새로운 일상이 되었다. 그것은 그 동물들과의 보이지 않는 교감이었다. 생명체에 대한 봉사와 헌신은 아이의 정서 회복에 크게 도움이 되었다. 우리는 약 3킬로의 둘레 길을 함께 걸으며 이야기했다. 가급적 아이와 함께 걷는 소중한 일과 시간을 놓치는 일이 없도록 하였다.

부자지간에 잠겨버린 대화의 문을 트는 것이 중요했다. 아이에게 이런저런 일상사 이야기들과 사람으로서 가야 할 도리 같은 것을 말해주었다.

"장하다. 네가 해낼 줄 알았어. 운동을 할 수 있다는 게 얼마나 좋니? 아빠가 네 나이 때는 헬스장이란 게 없어서 운동도 못 해봤는데……."

원래 말이 없는 아이는 침묵으로 일관했으나 아빠의 말은 경청하였다.

"미운 오리새끼라는 동화도 있잖니. 살아있는 생명체는 다 똑같은 감성을 가지고 있는데 남한테 구박을 받을 때 얼마나 서러웠겠느냐. 사람이나 동물이나 차별 없이 대해주고 그 마음을 읽어주는 게 함께 살아가는 세상의 이치란다."

"……"

"네가 그렇게 누구도 이해 못하는 힘든 세월을 살았다는 것에 부끄러워하지 마라. 네가 못나서 그런 것이 아니라 너를 키우기 위해 하늘이 준 시련이야. 사람은 누구나 그럴 수 있어. 절대 부끄러워하지 마라. 이제부터는 비관하지 말고 자신감을 가지고 살아 나가거라. 아빠는 너를 믿는다."

그동안 십수 년간 자신을 비관하고 모질게 학대하며 살아왔던 아이였다. 잃어버린 자신감과 자기 정체성을 찾아주는 것이 급선무였다.

한편으로는 늘 해오던 대로 관성에 이끌려 또 슬럼프에 빠져들면 어떻게 하나 하는 걱정이 앞섰다.

한 달, 두 달, 시간이 갈수록 아이는 자신 안에 숨어있던 새로운 가능성과 삶의 방향성을 조금씩 찾아가는 것 같았다.

"벤치 프레스와 운동기구로 몸을 활성화시키면 너의 몸이 회복되고 정신력도 탄탄해질 거야. 넌 반드시 될 거야."

아이는 서울에 있는 헬스클럽에서 동네 가까운 헬스장으로 옮겼다. 그곳 관장을 찾아가 만났다. 1대 1 개인 지도를 통해서 육체와 정신력을 강화시켜줄 것을 당부하였다. 그리고 관장과 개인적으로 두터운 친분을 쌓아나갔다. 개인지도와 더불어 인성지도까지 할 수 있도록 부탁했다, 아이는 하루 8시간씩 그곳에서 지내면서 관장과 운동을 함께했다. 관장은 운동뿐 아니라 운동기계 수리하는 법, 손님 접대요령, 사회생활 전반에 걸쳐 필요한 상식 등에 대해서 이야기했다. 운동을 통한 전인교육 방식이었다. 그리고 관장은 자신이 힘든 역경 속에 있을 때 버티게 해주었던 운동에 대한 이야기도 들려주었다.

아이의 몸이 날이 갈수록 군살이 빠지고 근육으로 바뀌었다. 어느 정도 생활에 적응하고 자신감을 갖는 것이 보였다. 친동생처럼 여기고 제자로 키워주는, 아이의 회복을 위한 관장의 헌신적인 노력이 없었다면 불가능했을지도 모른다.

헬스를 시작한 지 2년째, 이제 아이는 오전에는 볼링장 청소 아르바이트를 하고 오후에는 헬스장에서 초보자들에게 헬스트레이닝을 지도할 수 있을 정도로 변했다.

아이는 자기 몸보다 무거운 100킬로가 넘는 역기를 거뜬히 들어올렸다. 마치 자기 몸 안에 있던 정신적 괴로움과 두려움을 송두리째 들어내듯이 운동에 전념했다.

운동을 통해서 체격이 발달되고 체력이 탄탄해지면서 자신의 신체 이미지에 자신감이 생겼다. 더불어 자기를 왜소하고 초라하게 만들었던 열등감과 부정적인 정서를 털어냈다.

집 근처에 주말농장 밭을 얻어 일주일에 한 번씩 아이와 함께 오이, 가지, 토마토 등 각종 채소를 심고 가꾸었고 가을철에는 수확의 기쁨을 맛보았다. 환경을 바꾸고 나서 이곳 생활에 적극적으로 적응한 결과였다. 낮과 밤이 바뀐 무질서하고 어지러웠던 생활에서 규칙적인 일상과 운동으로 일관하는 패턴으로 바뀌었다.

이것은 분명히 우리가 기대했던 획기적인 변화였다. 우리에게 비춰진 은총 같은 한 줄기 구원의 빛이었다. 생애의 어둠 속에 잠겨있던 무수한 가능성들이 힘차게 획을 그으며 솟구치고 있었다.

5.

...

You are a challenger, 너는 용기 있는 사람이야

인생에서는 마음대로 안 되는 일이 생기는 것이 당연한 것이며 마음대로
안 되기 때문에 인생은 가치 있다. '마음대로 안 되는 것'을 통해서 배우는
것이야말로 인간으로서 살아가는 목적과 의미라고 할 수 있지 않을까.
내가 겪었던 것들, 그 아픔은 내 생애 최고의 경험이었다. 우리는 죽음과
같은 절망과 시련을 통해서 다시 태어날 수 있었다.

육체미 대회에 출전하다

작렬하는 다이나믹한 음악 소리가 꿈틀거리는 근육과 힘줄을 긴장
시킨다. 바위 같은 몸으로 바벨을 들고 쇠줄을 당기는 역동적인 실루
엣들이 움직이는 그리스의 조각상 헤라클래스의 몸짓 같다.

"아빠, 그건 그렇게 하면 안 돼요. 이렇게 가슴을 펴고 아랫배에다
힘을 주고 당기세요. 윗몸 일으키기는 복부근육이 금방 회복되기
때문에 잠시 쉬었다가 바로 시작해도 돼요."

헬스장에서 힘차게 울려 퍼지는 아이의 목소리에 나의 몸 속 단백질 세포들이 일시에 긴장하면서 에너지를 토해냈다. 땀이 젖는 줄도 모르고 반복하고 흐르는 땀을 닦으면서 이 순간이 정녕 꿈이 아니기를 기원해 본다. 아이의 우람한 다리와 떡 벌어진 어깨너머로 어둡고 긴 터널을 건너왔던 회오리바람이 세차게 불어왔다.

죽음 같은 고립과 숨 막히는 격랑 속에서 벗어나기까지 17년이라는 세월이 걸렸다. 어둡고 무거운 바람이었다. 끝이 안 보일 것 같은 미로 속을 헤쳐 나와 탁 트인 세계 속으로 걸어 나온 느낌이었다.

보디빌딩협회에서 개최하는 대회에 출전하기로 했다. 관장의 세심한 지도를 받으며 아이는 대회장에서 선보일 각종 포즈를 연습하였다.
환호와 응원이 울리는 대회장에 들어섰다. 무대에서 선수들이 울퉁불퉁한 몸통 근육을 좌우로 비틀면서 역동적인 포즈를 취했다.
아이의 차례가 돌아왔다. 아이는 활강하는 독수리가 나래를 펴듯 양 주먹을 치켜세우며 몸을 틀었다. 나와 아내는 정신없이 박수를 치며 소리쳤다. 바셀린을 바른 그을린 근육이 꿈틀거리며 빛났다.
오랫동안 잊고 있었던 희열이 뱃속에서부터 샘솟아 올라오는 것을 느꼈다. 인고의 세월을 견뎌낸 인동초의 벅찬 환희가 가슴에 밀려들어왔다. 그것은 우리에게 17년간의 기적 같은 결실이고 가능성의 성취였다. 그렇다. 이것은 결코 우연이 아니었다.
어쩔 수 없었던 병에서 어쩔 수 없다고 체념하지 않고, 어쩔 수 없는 고통에서 벗어나려 했고, 질식할 것 같았던 캄캄한 암흑 속에서 빛을 찾아낸 반전의 드라마였다.

"아빠는 아웃사이더고, 넌 인사이더야, 나중에 우승하면 반쪽은 아빠 거니까 잊지 마. 하 하…….."

대회장 문을 나서면서 아이의 어깨를 두드리며 오랜만에 호쾌하게 웃어본다.

청명한 초가을 햇살이 유난히도 맑았다. 금가루 같은 햇살을 받은 감나무 이파리가 시리도록 눈부셨다.

지금도 아이는 하루도 거르지 않고 약을 먹으면서 한 달에 한 번씩 병원 주치의의 진료를 받으면서 관리해 나가고 있다. 약을 먹지 않았을 때 상태가 나빠지곤 하였다.

약의 도움은 정신 질병에 있어서 필수적인 것이지만 약만으로는 모든 것을 극복할 수는 없다. 목표를 세워서 이루어 나가려 하는 의지가 있어야 비로소 장애를 이겨나갈 수 있을 것이다.

그 이후 아이를 주거지 정신건강복지센터에 등록을 시켰다. 자기보다 상태가 훨씬 안 좋은 환우들을 보고 위안을 얻은 듯하다. 그곳 장애 회원들하고 친분을 쌓아가면서 작년 가을에는 전남 해남까지 센터 회원들하고 자전거 여행을 갔다 와서 여행수기를 쓰기도 했다. 덕분에 아버지인 나도 가족모임에 참여하고 회원 당사자들과 가족 간

에 자조(自助)모임에 합류하여 서로 친목을 쌓고 정신질환의 극복을
위하여 함께 소통하고 아픔을 나누었다.

아이는 생활체육지도사 2급 자격 과정을 수료하였다. 정신건강과
신체건강은 불가분의 관계인 만큼 운동을 구준히 하고 체력관리를
통해 정신건강을 지켜나가는 일이 아이의 꿈이 되었다.

회복은 단순히 증상을 관리하고 개선해나가는 것만이 아니라 나름
의 원하는 방식으로 삶의 태도와 가치를 바꾸어 나가는 것이다. 이
는 질곡의 삶으로부터 벗어나 새로운 세상을 향해 날아가는 힘찬 출
발이다. 본격적인 재기의 시작이었다. 우리에게는 꿈같은 변화였다.
눈물이 나도록 가슴 벅찬 희열과 감동이 밀려왔다.

돌이켜보면 지난 세월은 등이 흠뻑 젖을 만큼 악몽의 연속이었고,
고통의 역사였다. 하지만 이젠 모든 것이 달라지고 있다. 붙잡을 수
없을 것 같던 가능성은 항상 우리 옆에 있었다. 그 가능성을 찾아 나
가는 도전자, 바로 우리들이다. 절반의 성공을 이루었다. 앞으로도
우리의 도전은 계속될 것이다.

유럽과 미국에서는 장애가 있는 사람들을 용기 있는 사람들이라고
한다. '병자', '장애자'로 부르지 않고 '챌린징 퍼슨(도전하는 사람)',
'챌린저(도전자)'로 부르는 습관이 있다고 한다. 이 말에는 고도의 시
련에 과감히 도전하고 있는 훌륭한 사람들이라는 존경하는 의미가
담겨져 있다.

우리는 바로 도전자들이다. 앞으로 시련이 또 닥치더라도. 우리 인생의 반전 드라마는 아직 끝나지 않았다.

맑고 투명한 가을 햇살 속에서 한 마리 새가 창공으로 솟아오르고 있었다.

2부

함께 겪어야 하는 사람들, 가족

제3장

포기하지 않게 만드는 사람

1.

...

내 이야기: 살기 위해서 나를 죽여야 했다

포기하지 말고 걷자. 이제 무거운 짐을 내려놓자. 나 자신조차도. 이 삶은 나의 삶이 아닐 것이다. 세속에 길들여진 욕망과 허명(虛名)으로 포장된 '나' 라는 것이 아무렇지도 않은 듯 지워졌다.

아픔을 비워내다

타는 듯한 태양빛 아래서 흐물거리는 발걸음으로 한없이 걸었다. 걸음은 느려지고 배낭은 뒤에서 당기는 듯 쳐졌다. 잘 달궈진 피부에서 숭굴숭굴 땀이 솟아 나온다. 태양빛이 정수리 위에서 부서지면서 머리가 어질거리고 가끔 시야가 뿌옇게 흔들렸다. 짐이 어깨를 짓누르며 어깨부터 시작된 통증이 점차 밑으로 뻐근하게 내려왔다. 잠시 쉬어가고 싶은 생각이 발뒤축을 점점 무겁게 했다. 무게를 감당하지 못하는 다리는 자주 휘청댔고 발걸음은 떠다녔다. 통증은 허리로 전이되어 아팠다. 짐 꾸러미에 허리를 숙이고 구부정하게 걸어가는 내 모습을 경운기 뒤 칸에 타고 가는 사람들이 물끄러미 쳐다보았다.

땅거미가 지면서 아침에 싱그러운 빛을 발하던 도로변의 풀죽은 나무 이파리들이 무겁게 내려앉으며 미동도 않았다.

오전부터 걷기 시작했다. 해가 떨어지며 서늘하게 젖은 공기가 몸 안으로 스며들었다. 석양 속에 긴 그림자를 달고 나그네처럼 걸었다. 시골 산길에 풀냄새와 활엽수들이 뿜어내는 짙은 수액 냄새가 번지고 어둠은 짙어졌다.

가파른 산길을 넘어서 동네 어귀 저수지 부근에 텐트를 쳤다. 강의 수면에서 올라온 검고 습기 찬 바람에 몸을 식혔다.

차고 눅눅한 물안개를 몸속으로 깊이 마셨다. 안개들의 입자는 허파 속으로 스며들었다. 저수지의 물비린내가 온몸에 감겼다. 낯선 곳, 새로운 공간 속에서, 새롭게 가야 할 시간의 냄새 같았다. '어떻게 해야 할까.' 나에게 닥쳐온 이 시련은 받아들이고 감수해야 할 숙명인지, 아니면 나를 바꿈으로써 극복할 수 있는 고난인지 분별할 수 없었다.

모든 것이 나를 짓누르고 있었고 그것들은 늘 새로운 모습으로 다가와 나를 부르고 있었다. 고통은 또 다른 고통을 잉태했다. 고통 속에서 정신과 육신이 하루하루 부스러져 가는 것이 삶이라면 그 허망함을 어떻게 감당할까.

'무엇을 해왔던 것일까? 내가 육신의 고통을 감내하며
찾아야 할 것은 무엇인가?'
'쉴 새 없이 밀어닥치는 이 시련들을 어떻게 해석해야 할까.'

　살아가는 일은 무엇일까. 고통과 마주하는 일을 피할 생각이 없다. 언제까지나 절망과 무기력에 빠져 있을 수는 없다.
　지병으로 굳어지는 아이의 고통은 무엇에 비유하리. 내 육신으로 감당하는 고통은 아무것도 아니라는 생각이 들었다. 내가 무언가로 아이의 고통을 대신 할 수만 있다면, 그 보상을 받을 수 있다면, 무엇이든 할 수 있을 것 같았다. 그렇다면 형벌 같은 고통은 희열로 다가올 것이다. 차라리 그 고통을 나한테 주고 아이를 편하게 바라볼 수만 있다면 얼마나 좋을까.
　내가 무엇을 잘못한 것일까? 나의 과오가 있다면 기꺼이 대가를 받을 것이다. 그러나 한순간도 쉬지 않고 집요하게 나를 짓누르는 불안과 죄책감은 참기 힘들었다. 더욱이 직장에서 터져 나오는 좋지 않은 루머와 나를 둘러싼 음모들이 그 실체를 서서히 드러내면서 압박하기 시작했다.

　어디에 있어도 마음은 편치 않았고 들길, 산길을 걷고만 싶었다. 나를 강타하는 회한과 후회가 뒤섞여 회오리치듯 나를 사정없이 흔들어댔다. 이 모든 사건들을 다 내 안에 다 집어넣고 용광로처럼 녹여내고 싶었다.

내가 뜨거운 용광로가 되리라. 앞일에 대한 걱정도, 지난 일의 두려움도, 현재의 초조함도 다 집어넣고 흔적도 없이 녹여버릴 것이다. 내가 어떻게 되든 겪어야 할 시련이라면 감당하리라고 마음을 다잡았다.

사라지지 않을 것 같았던 후회와 외로움과 분노가 시간 속에서 정지하고 침묵이 흘렀다. 세속적인 성공에 가치를 두고 무심히 살아왔던 '나'를 들여다봤다. 회한과 후회가 바늘처럼 파고들었다. 집에서는 아픈 아이를 바라볼 수밖에 없는 무능한 아비로, 밖에서는 나를 둘러싸고 터지는 악재로, 이중으로 공격을 받고 있었다.

'여기는 도피처일까, 아니면 구원처일까?'

조용히 눈을 감고 명상을 하였다. 나를 괴롭혔던 원인들에 대해 생각했다. 한 걸음 떨어져 나를 바라보며 '나'라는 원인자가 행위자로서 타인에게 어떤 결과를 주었는지에 대해서 하나하나 떠올리면서 짚어나갔다.

명상을 하면서 내 안의 가슴 심장부에 의식을 집중하였다. 끊임없이 나를 관찰하고 있는 내 안의 또 다른 '나'를 집중적으로 응시했다. 심장부 안이 훤히 보이는 듯했다. 무언가 엄청난 슬픔의 에너지 덩어리가 솟구치면서 나도 모르게 눈물이 나오고 가슴이 복받쳐 오르며 왈칵 울음이 치솟아 올랐다. '왜 이럴까?' 슬픔과 격정에 싸여 한동안 오열했다.

명상 중에 한 번도 경험하지 못했던 현상이었다. 따뜻하고 온화하게 나를 지켜보는 내 안의 '관찰자'는 나를 계속 바라만 보고 있었다.

"얼마나 힘들게 살았니. 네가 겪어야 할 과정이란다. 너는 그런 고통을 배우려고 이 세상에 온 거야." 그 영체(靈體)가 나에게 건네는 메시지를 생생히 느낄 수 있었다. 그 목소리는 투명하고 밝은 빛으로 환하게 스며드는 부드러운 입자나 파장 같은 것이었다.

가슴 부분에 사념을 집중하고 하나하나 생각들을 저수지에 빠뜨렸다. 머릿속에 있는 모든 생각들을 끄집어내어 돌멩이에 담아 수면 위로 던졌다. 수천 가지 생각들을 담은 무수한 돌멩이가 수면 아래 잠겼다. 시간은 흐르는 별빛과 바람에 실려 갔고 그 빛과 바람은 가볍고 차가웠다.

내 안의 모든 것을 던지고, 내려놓고, 버리고, 또 비워냈다. 시공간은 무한히 확장되었고, ― 시간은 더 이상 흐르지 않았고 ― 집중해야 할 나 자신조차도 별빛 속으로 가뭇없이 사라졌다.

더 이상 비울 생각들이 없어지고 천지간 정적 속에서 적멸과 평안이 찾아왔다. 내 안에 찌꺼기 하나 남기지 않고 다 비워지는 듯했다. 내면의 깊은 평화를 오랜 시간 동안 유지했다.

가슴이 비워지면서 아늑하고 포근한 에너지가 깊숙이 밀려들어와 온몸의 실핏줄을 타고 흘러들었다. 욕심을 놓아버리고, 마음을 떠나보내고, 생각이 사라지면서 '나'라는 기반이 지워지고 참된 자유를 맛보았다. 삶이 구름처럼 가벼워지면서 신선함과 해방감을 맛보았다.

공영과 허명에 집착하고, 그것을 갈구하면서 스스로를 고통스럽게 옥죄었던 '나'가 보였다. 결자해지(結者解之)다. 모든 구속과 한계를 내가 만들었기 때문에 그것을 푸는 것도 '나'였다. 아이의 아픔과 세상에서의 시련은 내가 온전히 감수하고 다시 해석해야 할 수행의 과제였던 것이었다.

괴롭다고 가슴을 치고 고민한다고 해서 해결될 일이 아니었다. 운명을 거부하고 벗어나려고만 했던 나를 볼 수 있었다. 그것은 어떻게 보면 외려 집요한 집착이었다. 삶의 불완전함과 불가능으로부터 벗어나려는 고달픈 몸짓은 고통으로 이어졌다.

모든 고통을 내가 만들어 내고 있었다. 내 삶의 방식에 대한 확연한 깨달음과 각성이 나를 뒤흔들었다. 고통이 나를 옥죄는 것이 아니라 내가 고통을 붙잡고 있었던 것이었다.

그렇게 밤을 새우고 나서 다음날 무너져 가는 나를 바로 세울 수 있었다. 모든 일은 다 받아들이고 그 흐름에 따라서 살기로 했다. 꼭 이렇게 돼야 한다는 애착을 버리고 허명과 성공에 집착했던 나 자신조차도 없앴다. 수고스럽고 고단한 짐을 벗어 버리고나니 마음이 한결 가벼웠다.

시련 속에서 나를 바로 세우고 살기 위해서 세상을 헤쳐 나가는 힘을 길러야 했다. 그것은 '비움'이었고 '바로 세움'이었다.

아이는 아픔으로 아버지를 불렀고, 그 헛것들의 아픔은 가파르게 상승하며 간절한 부름으로 납덩이처럼 아버지를 짓눌렀다. 나는 끊임없이 비워내고 바로 서야 했다. 그 아픔은 세월의 뒤끝에서 다시 살아났지만 느슨하게 풀어져 흩어졌다.

2.

...

아내 이야기: 너만 생각하면 미쳐버릴 것만 같아

세월은 세월 위에 쌓여 갔지만 상처는 상처 위에서 아물지 않았다.

"바닷물이 빠져 나간 뒤 막막한 어둠 속에 버려진 배처럼 홀로 있을 아이를 생각하면 미쳐버릴 것 같아. 우리가 없으면 어떡해……."

익숙해지는 것만으로 잊을 수 없는 통증

오랫동안 억눌려왔던 이야기들이었다. 그 누구한테도 말하지 못했던, 그래서 더 가슴이 아팠던 아내의 이야기다.

아이가 조현병 진단을 받고 누워서 허깨비처럼 여위어 갈 때 삶에 성에가 끼어 하얗게 지워져버린 느낌이었다고 했다. 모든 삶이 모래산처럼 허물어져 내리는 것 같다고 했다. 말하지 못할 고통은 유리 파편처럼 가슴에 박혔고 가시 박힌 나날들은 아내의 가슴에 깊은 생채기를 남겼다.

등이 흠뻑 젖는 악몽 같은 나날이었다. 아내는 아이 생각으로 늘 허공에 떠 있었다. 아무 말도 못하고 누워서 머릿속 혼란으로 고통을 겪는 아이를 볼 때마다 같이 아파했다. 어떻게 해줄 수 없어서 가슴을 짓누르는 듯한 고통은 더 심했고, 칼날 같은 고통은 차가운 시간 속에서 겹겹이 굳어갔다.

아내는 아이의 아픔을 대신 할 수 있다면, 그래서 고통을 나눌 수만 있다면 어떻게든 극복해 나갈 수 있을 것 같다고 했다. 직장에 나가서 일을 하다가도 아이 생각만 하면 온몸이 일시에 정지하듯 아무것도 할 수 없었다고 했다. 비슷한 또래의 아이들만 보면 가슴이 저렸고 음식을 먹을 때면 아픈 아이 생각으로 울컥거렸다.

아이를 잘못 키운 죄인처럼 가슴을 움츠리며 살아야 했고 죄책감은 가슴을 맷돌처럼 짓눌렀다. 환한 대낮에도 마음은 어두웠고 단 하루도 편한 날이 없었다고 했다. 저녁에는 누워있는 아이를 쳐다보며 마음을 졸여야만 했다. 작은 소리에도 흠칫 흠칫 놀라고 자다가도 악몽에서 벌떡 일어나곤 했다.

아내는 집을 팔아서라도, 전 재산을 바쳐서라도 아이의 병을 고칠 수만 있다면 무엇이든 다 할 수 있을 것이라고 했다. 수없이 병원 문턱을 드나들었고 상담도 받고, 고칠 수 있다는 데는 다 찾아다녔다. 아이의 증세가 차도가 없고 점점 무력 속에서 시들어갈 때 피가 마르고 눈물이 솟았다.

밖에는 겨울이 지나가고 벚꽃이 흐드러지게 피어올랐지만 아픔을 감당하지 못하는 안타까운 봄날은 아내의 마음속에 고스란히 녹아내렸다.

아내는 유난히 아이들에게 애착이 강했고 지나칠 정도로 아이들을 챙기고 돌봤다. 주위에서는 어미가 너무 자식들을 감싸 안아서 애를 버려놓았다고 타박했다.

이 낯설고 특별한 불행에 누가 손을 내밀어 도움을 줄 수 있을까? 손을 잡아주기는커녕, 파멸시켜버릴 것 같은 불안 속에서 생애가 일순간에 허물어버릴 것 같았다.

주위의 조롱과 멸시 속에서 살아가야 할 것 같은 조바심 속에서 하루하루를 보내야 했다.

"어떡하면 좋아. 당신이 아빠니까 데리고 다니면서 좀 고쳐봐. 당신이 우물쭈물하고 있으니까 아이 상태가 더 나빠지잖아. 다른 아빠들처럼 데리고 다니면서 기분전환도 시켜주고 아이를 바로 일으켜 세워봐. 이대로 보고만 있으면 어떻게 하냐고."

아내는 누구한테도 말하지 못하고 털어놓을 수 없는 푸념을 했지만 나 역시 혼란스럽고 막막하기는 마찬가지였다. 영원히 사라지지 않을 것 같은 어둡고 긴 그림자 속에서 모든 것이 아득하고 모호하기만 했다.

동네 정신과 의원 의사가 "아이가 자살할지도 모르니 잘 지켜보라."라고 했을 때, 죽어버리려고 교회 위에 올라가서 뛰어내리려 했다는 아이의 메모 쪽지를 보았을 때, 아내는 밤새 울었고, 깊고 진하게 울었다.

어느 교회 목사의 이야기였다. 목사의 아들은 뇌 병변으로 불구 장애인이었다. 목사는 매일같이 울면서 하느님한테 기도했다고 한다.

"하느님, 어찌하여 저에게 이런 시련을 주시나이까. 저는 하느님의 종으로서 열심히 하느님을 말씀을 따르고 복음을 알렸습니다. 저에게 무슨 잘못이 있어 이렇게 혹독한 시련을 주시나이까?"

어느 날 목사의 간절한 기도에 하느님이 응답하셨다고 했다.

"내가 너에게 그 아들을 보낸 것은 너 말고는 누구도 그 아이를 품을 수 없기 때문이란다. 그것이 내가 너에게 그 아이를 보낸 까닭이다."

목사는 그 말을 듣고서 펑펑 울면서 자신의 잘못을 회개하고 그 아이를 위해 평생을 헌신했다고 했다.

우리가 죽고 나면 아이를 누가 품어줄까? 저렇게 아픈데 누가 돌봐주고 감싸줄까? 내 배 속으로 낳은 어미이기 때문에, 자식이기 때문에, 그것이 하느님의 뜻이고, 인연이라면 이 세상이 다하도록 안고 갈 수밖에 없었다. 그러나 부모가 이 세상에 없을 때 우리 아이는 어떻게 될까. 해를 넘기고 계절은 바뀌었지만 아픔은 흘러가지 않았다. 언제까지 그렇게 살 수는 없었다.

아내는 부모 없이 버려져 혼자서 길거리를 헤매는 아이를 생각할 때마다 가슴이 타는 듯 아팠다고 했다. 모든 의식이 허물어져 내리고 사라져버릴 것만 같다고 했다. 그 상상은 끈적끈적한 거미줄처럼 달라붙어 집요하게 아내를 옭아맸다. 우리 가정이 밤바다 파도의 흰 거품 속으로 곤두박질치는 공포감이 엄습했다고 했다.

시간들은 부서져 내리면서 흩어졌고 시간에는 우리의 절박한 소리가 담겨 있었다. 눈에 보이는 것은 살아서 움직이는 환영들 같았다. 시간들은 다시 되살아났고, 소멸되지 않았고, 파도처럼 솟구치며 아내의 울음소리를 싣고 떠 다녔다.

"아이 생각만 하면 가슴이 아파 미치겠어. 이렇게 아픈데……. 어떻게 해야 해. 아파도 말 좀 하고 자기 속마음이나 털어놓을 수 있다면 얼마나 좋을까. 얼마나 더 버틸 수 있을까."

아내는 가슴이 아프다고 비명 같은 울음을 토해냈고 나는 아무것도 말할 수 없었다. 아내는 늘 울었고 나는 침묵했다.

이제 어떻게 해야 하나. 누구한테 물어보고, 누구에게 의지해야 할까. 그저 약을 먹고 하루하루를 죽은 시체처럼 누워서 보내야 할까. 아이는 사막 위에 뜬 달처럼 정적 속에 잠겨 있다. 지켜보는 아내는 가슴이 탔다. 모든 일상은 우리의 근심과 울음 속에서 저물고 날이 샜다. 긴 세월을 깊은 물속에 가라앉아 까마득한 수면을 바라보듯이 살아왔다.

이제 해결되지 않고 옥죄어 오던 고통의 덫에서 빠져 나와 아이의 회복을 지켜보고 있다. 아이를 바로 세워주기 위한 지난한 노력과 포기하지 않는 회복에 대한 믿음을 가지고 극복할 수 있었다. 아니, 그 세월을 견뎌냈을 뿐이었다. 세월 위에는 상처의 생채기가 켜켜이 쌓여갔고, 그 상처들은 바람이 일 때마다 흔들리며 깊은 고랑을 남기고 풍화되어갔다.

상처는 아물어도 아픔은 가시지 않았다. 아내는 말한다. 그것은 시간이 흐른다고 해서, 익숙해지는 것만으로, 잊을 수 없는 통증이라고.

아이는 아직도 약을 복용하면서 자신을 추스르고 있다. 그렇지만 미약하나마 두려움과 망상이 유령처럼 되살아나기도 한다.

아내는 늘 다니는 길로 출근을 한다. 저수지 모퉁이를 돌아 한적한 언덕길 위로 올라서면 색 바랜 외투를 걸치고 추레한 모습으로 걸어가는 아이 또래의 젊은이를 종종 본다고 했다.

어딘가로 일을 나가는 노동자로 보이는 그 청년의 저벅거리는 발걸음은 무겁고 더디기만 했다고 한다. 수심에 찬 얼굴과 처진 어깨를 볼 때마다 아이가 생각나서 가슴이 먹먹하다고 했다.

우리가 이 세상을 살날도 많지 않을 터인데 우리가 없을 때 아이가 저런 모습으로 길거리를 헤매며 다닐 것은 상상 속에 묵었던 상처가 되살아나서 괴롭다고 했다. 어둠 속에서 웅크리고 있을 아이를 생각하면 미쳐버릴 것만 같다고 했다. 세월은 세월 위에 쌓여 갔지만 상처는 상처 위에서 아물지 않았다. 아직은······.

숙제는 아직 끝나지 않았다. 그 숙제가 우리 생애 안에서 마무리되는 것이 우리의 절박한 소원이 되었다. 우리가 포기하고 멈추지 않는다면, 물러서지 않고 버틴다면, 언젠가 이루어질 것이다. 시련 속에서 꿋꿋이 버텨낸 아들이 탄탄한 나무로 커가는 모습을 지켜보고 싶다.

3.

...

둘째아들 이야기: 결핍 속에서 '나'를 키우다

형의 아픔이라는 파문 속에서 나는 늘 밖으로 떠밀렸다. 그 아픔의 테두리는 부모님과 형만을 위한 공간이었다. 부모님은 부산했고 나는 들판 속의 허수아비처럼 서 있었다. 나는 홀로 남겨졌고 이방인처럼 떠돌았다.

형의 리스크는 내 편이었다

내가 14살 때 형의 병이 시작되었고 나는 그것이 어떤 병인지 몰랐다. 부모님은 침묵했고 누구한테 물어볼 수 없었다. 형은 약에 취한 듯 잠만 잤고 답답함은 시간 속에 머물러 있었다. 형이 무엇 때문에 아픈지 이해할 수 없었다.

엄마는 형한테 온 삶을 다 바치듯 헌신했다. 엄마의 모든 촉수는 형의 눈치를 보며 비위 맞추기에 집중했다. "형이 아프니까 너는 참고 있어라." 엄마가 늘 입버릇처럼 나에게 말했다. 나는 왜 참고 견뎌야 하는지 알 수 없었다.

부모님은 내게 형이 겪는 병이 무슨 병이고 내가 양보해야 할 부분이 무엇인지에 대해 말하지 않았다. 사춘기 예민한 시기에 나도 형처럼 부모님의 관심을 받고 싶었다. 가정이라는 보금자리 안에서 동그마니 홀로 떨어져 지켜볼 수밖에 없었다.

부모님과 형만의 비밀스러운 이야기 속에 나는 대열에서 낙오된 짐승처럼 잊힌 존재였다. 가족의 관심 밖으로 밀려난 나는 가슴 한 가운데 커다란 구멍이 뚫렸고 그 사이로 들어오는 바람은 늘 차갑기만 했다.

부모님이 함께 관심 가져주고 웃어주기를 바랐다. 따뜻한 어머니가 그리웠고 자상한 아버지가 부러웠다. 친구 집에 놀러갔을 때 미소를 짓고 상냥하게 반겨주는 친구 어머니가 그렇게 좋을 수 없었다.

형과는 가끔 다투기도 했으나 함께 오락도 하고 친구처럼 다정하게 지냈었다. 차츰 세월이 지나면서 형의 아픔이 정신적 질병이라는 사실을 알게 되었다. 엄마는 형에게 오롯이 정을 쏟아부었고 질병을 이유로 형이 가야 할 군대도 면제시켰다. 나는 어린 마음에 형이 엄마의 과잉보호에서 벗어나 군대에 가서 씩씩하게 단련하면 병이 나을 것이라는 생각을 했다.

형이 쾌유하여 예전 같이 공부에 전념하는 모습을 보았으면 좋겠다. 그러나 부모의 지나친 편애가 오히려 형이 자립할 수 있는 여력까지도 빼앗아 더욱 무력화시켰다는 아쉬움을 지울 수 없다.

나는 차별과 외로움 속에서 내 갈 길을 스스로 모색해야만 했다. 군 제대 후 대학에 복학했고 3년 동안 고시촌에 틀어박혀 공부에만 전념했다. 하루 14시간 공부로 용광로에 쇠를 부어넣고 제련하듯이 나를 담금질했다. 어떻게 보면 형의 아픔으로 인해 관심 밖으로 밀려난 외로움이 나를 바로 세워야 한다는 동력으로 작용한 것 같았다. 차별과 갈망 속에서 나를 키워나가야만 했다.

이제 국가공무원으로서 온전히 자립하였으나 어린 시절 결핍의 상처는 가라앉지 않았다. 가족의 일원으로서 누군가의 소외와 차별이 아닌, 치우침 없는 사랑과 배려 속에서 함께 살아갔으면 하는 생각이다.

나는 형과 동생과의 관계 속에서만 형을 바라볼 뿐이다. 이 세상이 다하는 날까지 나는 부모님 같은 감성으로 형에게 다가갈 수는 없다. 동생과 형이라는 틀 안에서 바라볼 수밖에 없는 한계가 있다.

지금 이 순간에도 나는 생각한다. 형의 아픔이 가족 모두의 아픔이고 우리 가정에 많은 시련을 가져다주었다. 온 가족이 형의 자립을 위해서 도움을 주어야 한다고 생각한다. 그러나 부모님의 대처가 반드시 옳은 것은 아니었다고 생각한다.

부모는 흔들림이 없는 항구여야 한다. 부모님은 자주 흔들렸고 형에 대한 지나친 보호막과 돌봄은 형을 현실에 안주하게 하고 밖에서 활동할 수 있는 의지를 상당 부분 약화시켰다고 본다.

사랑은 아무리 주어도 모자라는 것

둘째 아이의 글을 보면서 가슴이 무거웠다. 형이 아플 때 동생에게도 형의 병을 알려주고 협조를 구하지 못했던 점에 대해서 안타깝고 미안한 생각이 들었다. 부모는 형이 조현병이라는 어둡고 긴 터널을 지나 세상으로 다시 나오기를 간절히 바랐고 그것이 곧 유일한 목표였다. 둘째 아이에게도 할 만큼 했으니까 다 이해하고 괜찮을 줄 알았다.

 사랑하는 둘째 아들아, 좀 떨어져 지내도 네가 자립하면서 살아갈 수 있겠다는 생각이 내 안에 있었나 보다. 가장 사랑받고 격려와 지원을 받아야 할 청소년 시기에 형의 병으로 인해 밀려나고 위로받지 못했던 마음에 그래도 섭섭하게 생각했구나. 그럼에도 잘 자라준 네가 고맙다.

 형의 아픔은 온 가정이 송두리째 무너지고 파도에 휩쓸려가는 것처럼 감당하기 힘든 시련이었단다. 형만 아들이 아니고 너도 있다는 것을 알지만 부모의 눈길은 늘 약하고 아픈 자식한테 갈 수밖에 없었단다. 너는 똑똑하고 당차기 때문에 어디에 가서든 잘 살아낼 수 있을 것이라는 믿음 때문에도 그랬단다. 그것이 어찌 사랑의 차별일 수 있겠느냐. 사랑은 아무리 주어도 모자라는 것을.

 이제야 하는 이야기이지만 네가 군대에 갔을 때 허전함과 아쉬움에 늘 네 흔적을 더듬었다. 저물녘 땅을 쳐대는 빗소리에도, 그해 가을 헐벗은 나무에서 가랑잎이 떨어질 때도 눈물방울을 떨어뜨리곤 했단다. 군인들이 겨울날 군용화물차 뒤 칸에서 움츠리고 떨며 가고 있을 때, 땀방울 흘리며 도보 행군을 할 때 네 모습을 찾았고 가슴이 저렸었다.

엄마 뱃속에서부터 유난히 발길질을 해대는 네가 태어나 엷은 막에 덮인 머리 숨골이 새록거릴 때 연약한 네 생명이 온전히 피어날 수 있도록 수도 없이 기도했었단다.

구슬이 구르는 것처럼 "까르르……." 잘 웃는 널 안고 온 동네를 돌아다니며 사람들이 보란듯 자랑하고 다녔다. 널 어깨 위에 무동을 태우고 동네 뒷산을 올라 다니며 산 속 정령들이 시샘할 정도로 기쁨에 겨워 춤을 추듯이 다녔었다.

아버지가 자상하지 못하고 투박한 성격이다 보니 너한테 사랑의 속내를 드러내지는 못했다. 무심하고 속 좁은 아버지라고 생각하지 마라. 이참에 너도 이 아버지가 진정 사랑한다는 것을 보여주리라.

너의 영민함과 굳센 생의 의지를 믿는다. 부모가 못나서 너를 자상하게 챙겨주지 못함을 용서해라. 너로서는 부모를 원망할 수 있겠으나 네 형한테는 그렇게 할 수밖에 없는 아픔이 있었단다. 그렇게 살아가는 것이 네 형의 길이란다.

부모와 자식의 사이는 상식적이지도 통념적이지도 않단다. 너의 이해를 바랄 수밖에 없구나.

마지막으로 너한테 부탁하는 것은 네 형을 챙겨주길 바란다. 부모가 언제까지 이 세상에 살아 있지는 않다. 늘 먼저 가는 것이 부모가 아니냐. 하나밖에 없는 육친인 너 말고는 누구한테 부탁하겠느냐. 부디 형을 잘 챙겨다오.

이 아비의 부탁은 그것뿐이란다.

4.

...

외삼촌 이야기: 많이 흔들렸기 때문에 바로 설 수 있다고

회복은 멀리 있지 않았다. 우리의 일상 속에 길이 있었고 우리는 그것을 찾아내면 된다. 주변 사람의 믿음과 지지, 자연과 음식 속에 있었다.

회복은 사람과 사람 사이에 있었다

산과 들에 솟아나는 연두색의 여린 잎사귀처럼 싱그러웠던 그 해 오월이었다. 아이는 강원도 평창에 있는 외삼촌의 집에 가서 삼촌의 택배사업 일을 도왔다. 아이는 쾌활하고 격의 없이 대해주는 삼촌을 따르고 좋아했다. 아프고 힘들 때도 삼촌이 오면 웃었다. 세상사 이런저런 이야기도 나누기도 했다. 삼촌은 아이에게 세상의 이야기를 들려주고 우스개 이야기로 아이의 부담을 덜어냈다.

"감기에 걸리면 약을 먹는 것처럼 정신적 아픔도 약을 먹고 관리하면 되는 거야. 뭐가 그렇게 문제가 되는데, 사람들은 누구나 그럴 수 있는 거야. 그런 걸 문제라고 보는 사람들이 더 이상한 거야.

그렇지 않니? 걱정 마."

삼촌의 이야기는 아이의 무겁고 아픈 마음을 크게 덜어 주었다.

"우리 조카는 착실하고 머리가 좋으니까 반드시 성공하고 돈도 많
이 벌 거야."

그 말은 어디서도 들어보지 못했던 낯선 이야기였지만 인정과 격려
는 아이를 크게 고무시켰다. 자신이 세상에서 낙오되고 별 볼일 없는
존재가 아니라 더불어 살아갈 수 있다는 자신감을 심어 주었다.

"네가 앞으로 더 잘 되기 위한 정신의 힘을 키워주기 위해 아픔
의 시련이 있는 거라고, 세상에 주눅들지 말라고, 아무렇지 않다
고……."

삼촌은 봄비에 새싹이 푸릇푸릇하게 돋아나는 듯한 꿈을 아이에게
북돋아 주었다.

삼촌은 아이가 무력하게 시들어가면서 자기의 꿈이 없이 지내는 것이
가슴이 아팠다고 했다. 아이의 꿈과 열정을 찾아주고 싶다고 했다.

강원도 계곡 사이 흐르는 강변 마을에서 맑은 공기와 청정한 물, 수
려한 풍광과 신선한 바람은 아이의 치유와 회복에 크게 도움이 되었

다. 무엇보다도 규칙적인 생활과 적당한 노동과 자연식은 불균형적인 생활로 인한 신체와 정신의 흐트러짐을 바로 잡아주었다.

 택배 주문을 받고 물건의 집하와 배달 일도 삼촌과 함께했다. 마당에 텃밭도 가꾸고 고기도 구워 먹으면서 별빛 속에서 삼촌과 세상 이야기들을 나누었다. 부락민들과 정겹게 인사도 나누고 마을 공동체 일원으로서 인정도 받았다. 삼촌과 외숙모, 주변 사람들의 인정과 지지는 아이의 자존감과 회복 탄력성을 키워주고 세상이 살 만하다는 것을 알려 주었다.
 그곳에 1년 넘게 있으면서 아이는 회복 전환점에 들어서는 커다란 변화의 시기를 맞이했다.

 "나무가 바람에 흔들리는 것은 자신을 키우기 위해서라고, 거친 바람 속에 단련을 시킬 때 버텨낼 수 있는 힘이 길러지는 것이라고, 사람은 누구나 흔들리면서 살아간다고, 너도 흔들렸기 때문에 바로 설 수 있을 것이야." 삼촌은 아이에게 말했다.

 살다 보면 남들은 다 괜찮다고 하는데 자기 혼자서만 얼음집에 사는 것처럼 외롭고 불안한 경우가 있다. 말할 수 없는 고통은 빙벽처럼 차갑게 굳어간다. 그래서 홀로 던져져 고립 속에 있을 때 삶은 힘들고 더욱 괴롭기만 하다. 주변 사람들이 소박하고 성실하게 삶을 살아가는 모습을 보면서 인간의 냄새를 맡고 삶을 다시 살아봐야겠다는 의지를 가질 수 있다.

인간은 결코 몸만 간직하고 살아가는 동물이 아니다. 몸과 더불어 정신도 영양과 활력을 불어 넣어주어야 한다. 정신이 아프면 몸도 아프고 몸이 아프면 정신도 아프다.

누구의 잘못도 아니다. 인간의 길은 곧은 길이 있으면 구부러진 길도 있다. 인간이라면 마땅히 험한 돌길을 걸어야 하고 가시밭길도 걸어야 하겠지. 정신이 아프다는 것이 무슨 죄가 될까. 누구나 아픔 속에서도 새로운 삶을 살아보고 싶다는 강한 의지가 있다.

혼돈과 분열된 삶의 질곡에서 벗어나 다시 태어나고 싶다는 근원적 욕구는 사라지지 않는다. 사람과의 관계 속에서 숨을 내쉴 수 있는 공간을 찾아야 한다.

회복은 멀리 있지 않았다. 사람과 사람 사이에 회복이 있다. 회복은 인간(人間)에게 있었다.

5.

...

그래, 이게 회복이야

언젠가는 아픔도 거름이 되어 푸른 싹을 틔울 것이다.
언젠가는 내가 걸어갔던 길 뒤에는.
고통의 회색 구름이 걷히고 눈부신 하늘이 보일 것이다.
네가 울창한 숲 속에서 큰 나무가 되거나,
잎사귀 무성한 꽃나무로 자라나기를 기다리겠다.

비온 뒤에 개인 하늘

저녁 먹을 시간이 되었는데 아이가 들어오지 않는다. 아들은 요즘 정신건강복지센터 동료지원 활동을 나가 어려움을 겪고 있는 정신장애인 가정을 방문하여 집안 정리도 해주고 함께 밥을 먹기도 하면서 하루를 같이 보낸다.

회복과정에 있는 정신장애인이 같은 정신장애인을 찾아가서 대화를 나누며 미래에 살아가는 이야기도 한다고 했다. 살아가면서 보람이나 기쁨 보다는 아픔의 상처가 많은 그들이다. 고립과 어둠의 공간에 익숙해진 그들은 사람을 반가워하지 않았다고 했다.

 사람들의 편견과 경멸어린 시선은 살 속으로 스며들었고 열등감은 뼛속으로 파고들었다. 자기와 같은 고통을 겪은 사람들의 이야기를 듣고서야 비로소 몸과 마음을 환하게 연다고 했다.

 주시 받지 못하는 투명인간이 되어 두려움과 어둠 속에서 음울한 시선으로 세상을 바라봤던 그들이다. 동료들의 따뜻한 눈길과 말 한마디가 아직은 살 만한 세상이라는 걸 알게 해주었다. 도움을 주는 아이 역시 자기가 겪었던 아픔의 터널을 지나고 있는 동료에 대한 연민과 애정으로 봉사하는 것이 즐거움으로 다가오게 된다는 사실을 알게 된 것 같다. 건너갈 수 없고 불가능할 것 같은 회복의 서막은 그렇게 문을 열었다.

 아이는 몇 개월 전부터 동료를 돕는 활동에 열심히 참여하고 있다. 자기보다 증세가 심각하고 불우한 환경 속에서 재기하지 못하고 있는 장애인들을 찾아다니면서 돕는다는 것에 나름대로 보람과 긍지를 느끼는 것 같았다.

 저녁 식사를 끝낼 무렵에 아이가 들어왔다. 늘 말이 없고 부모에게도 좀처럼 자기 속내를 말하지 않는 아이다. 과묵한 성품의 아이가 지난 세월 동안 형극 같은 정신적 고통 속에서 얼마나 힘들었는지, 검퍼런 어둠을 지나온 그 속을 헤아리기가 힘들다.

 왜 늦었느냐는 물음에 도서관에 들렀다 왔다고 한다. 며칠 전에도 도서관에 가서 책을 보고 왔다는 말을 했었다. 아이의 엄마는 축축한 눈매를 글썽거리며 상기된 표정으로 말했다.

"아! 우리 아이가 책을 보았네. 얼마나 기쁜지 모르겠어. 맞아, 넌
역시 할아버지를 닮았어. 늘 책을 보시곤 했는데 역시 그 자손이네.
넌 언젠가 해낼 줄 알았어."

나 역시 오랫동안 잊고 있었던 희열이 뱃속에서부터 샘솟아 올라오
는 것을 느꼈다.

"그래. 이게 회복이야. 해냈구나. 책을 본다는 것은 네 잃어버린
삶을 다시 세우고 새롭게 만들어가는 첫걸음이야. 장하구나!"

작년부터 아이의 삶이 조금씩 달라지는 것을 느꼈다. 동료를 돕는
활동을 통해서 자기를 새롭게 바라보고 자신을 추스르기 시작해 나
갔다.

그동안 이십 년간을 자기 방에 틀어박혀 허상과 실재의 틈에서 무
력하게 자신의 삶을 내버리듯 흘려보냈다. 그 시간들은 정상 또는 비
정상으로 단정될 수 없는 태어나기 이전의 아픔처럼 스스로 어떻게
할 수 없는 절대의 시간들로 느껴졌다.

어떻게 하면 잃어버린 아이의 삶을 되찾고 함께 갈 수 있을까? 경험
되지 않았고 체득하지 못한 모호한 질병에 대해 불면의 밤을 보내며
답을 찾아야 했다.

온 식구가 그랬다. 아이의 할아버지는 돌아가셨지만 생전에 아이가 방 안에서 부스러져 누워만 있을 때 누구보다도 안타까워하며 "아가야! 내 아가야!……." 하루에도 수십 번을 방문을 열고 허공에서 혼령을 찾는 심령사처럼 애달프게 불렀다.

　아이의 할아버지가 돌아가시고 탈상을 하고 난 직후에 둘째 아이가 거실 소파 위에서 잠시 선잠을 자고 있었다. 그때 할아버지가 생전의 모습으로 현관문을 열고 들어오셨다고 했다. 할아버지는 급하게 큰아이를 찾으며 마지막으로 보고 가야 한다며 아이의 방문을 열어보고 가셨다고 했다.

　할아버지도 아이의 아픔에 늘 가슴을 두드리며 혀를 찼다. 생전에 한이 되어 돌아가시는 마지막 길에서 아이를 찾았다. 얼마나 가슴에 한이 되었으면 그랬을까. 돌아가시고 나서도 그 한을 간직하고 편하게 못 가신 듯했다.

　내가 어릴 적부터 아버지의 방 안에는 책이 가득했다. 방 한 면을 차지하는 책꽂이에 수백 권의 책이 빼곡했다. 시골 벽촌에 책 한 권을 찾아볼 수 없었던 그 시절에 우리 집은 안방은 물론 골방까지 책으로 메워져 있었다. 아버지는 독서대를 만들어서 정좌하고 책을 올려놓고 보았다. 돌아가시기 직전까지도 책을 손에 놓지 않았다. 나의 책보기 습관도 그때 은연중 아버지의 모습을 바라보면서 전수되었던 같다.

아픈 아이에게 해줄 수 있는 것은 없었다. 어떠한 권유나 독촉보다는 단지 책을 보는 아버지의 모습을 보여주고 싶었다. 어쩌면 나의 책 읽는 모습이 아이의 내면에 새겨진 것이 아닐까. 아이에게 전해줄 수 있는 것은 말이 아니라 몸으로 보여주는 평범한 사실을, 백 마디 말보다 실천 한 번이 천 번 더 강하다는 것을 깨닫는 순간이었다.

아이가 책을 본다는 사실이 무엇보다도 반가웠다. 책을 본다는 것은 스스로 사유를 하면서 자기 정체성을 찾아나간다는 생애의 중대한 사건이다.

회복은 과거의 모습으로 되돌아가는 것이 아니다. 시련과 역경을 통해 다시 새로운 삶을 만들어가는 것이다. 새하얀 파도에 조약돌이 부딪치면서 자신의 몸을 새롭게 다듬어가는 것처럼. 어느 날, 비 온 뒤에 개인 하늘처럼.

제4장

고통을 연대하는 사람

1.

...

사실, 이미 알고 있었어요

"땅 딛는 기쁨을 아세요? 걷는 자유라는 것 무시 못해요. 길거리 다니면서 맛있는 거 사 먹고 여행가고, 그런 게 바로 땅 딛는 기쁨이라는 걸."

"시설에서 나오면서 그걸 느꼈어요. 어디든 다녀볼 수 있고, 공부도 할 수 있고, 사람도 만나고, 그런 자유가 얼마나 소중한 것인지를요. 10년 동안 있었던 시설에는 인권이 없었어요. 10년 세월이 내 인생에서 없어져버렸어요"

— 《나를 위한다고 말하지 마》 인터뷰 글 중에서

우리를 가두지 마세요

많은 정신장애인들이 정신병원이나 정신요양시설에서 생활하고 있다. 본인이 원해서 병원이나 시설에 들어가는 경우도 있지만, 대부분은 원치 않았으나 가족이나 연고자의 손에 이끌려 들어간 경우가 허다하다.

지금은 지역사회에 중증정신질환자에 대한 사례서비스와 재활을 지원하는 정신건강복지센터나 재활시설들이 꽤 생겼지만 예전에는 정신장애자들이 갈 데가 그리 많지 않았다. 정신병원 아니면 수용시설인 기도원 같은 곳밖에는 없었다. 그래서 어둡고 음침한 폐쇄병동 속에서 나오지 못하고 평생을 갇혀 사는 경우가 허다했다. 그들의 인권이나 지역사회에서 자립하기 위한 회복은 기대할 수 없었다. 그때는 정신장애자라는 말 대신 '정신병자'라는 멸시와 혐오가 짙게 배인 말을 사용했다.

예전에 파출소에서 근무할 때 어느 50대 아주머니가 젊은 20대 청년을 데리고 들어왔다. 아주머니는 나를 따로 보자고 하였다. 사실은 자기 아들이 정신병을 앓고 있는데 그 증세가 심해서 도저히 집에 데리고 있지 못하겠다고 하였다. 그런데 정신병원에 아들이 한사코 안 가려고 하니 어떻게 좀 도와줄 수 없겠느냐고 말했다.

"정말 소원입니다. 저 애 때문에 온 식구가 고통을 당하고 있어요. 증상이 심해지면 마구잡이로 욕설을 하고 행패를 부려요. 좀 도와주세요."

"경찰관을 무서워하니까 말을 잘 들을 거예요."

듣고 보니 참 딱한 사연이었다. 어머니의 표정은 초초하고 절박했다.

상사에게 사정을 말하고 정신병원까지 대동하기로 했다. 나는 동료와 함께 청년을 태우고 병원을 향해 출발했다.

"경찰 아저씨, 저를 지금 어디로 데리고 가는 거예요?"
"응, 어머니가 부탁하기를 잠시 좋은 곳에 가서 바람을 쐬고
 와 달라고 했어."
"정말이에요?"
"아, 그럼……."
"그럴 리가 없는데, 금방 갔다 오는 거지요?"
"물론이지. 바로 갔다 올 거야."

청년은 초조하고 긴장된 표정으로 재차 물었다. 경찰관이 거짓말할 리는 없다는 믿음에 안도하는 것 같았다.
청년은 가면서도 죄수가 자기변명을 하듯이 끊임없이 이야기를 늘어놓았다. 이지적인 눈매를 가진 유순하고 총명한 인상이었다.

"아저씨, 제가 이번에 사법고시를 보기로 했어요. 그거 어려운 거
 아시죠?"

청년은 아마 공부에 열중한 학구파였던 것 같았다. 그의 뇌리 속에는 오직 공부에 대한 열정과 집념만이 강하게 남아있는 것 같았다. 정신병은 왜 이렇게 똑똑한 사람들이 걸리는 것일까.

"그동안 두 번이나 떨어졌는데 이번에는 반드시 붙을 거예요. 제 꿈은 판사가 되는 거예요. 나쁜 사람을 심판하고 어려운 사람을 돕는 판사 말이에요."

"올해 합격하면 내년에는 연수원에 들어갈 거 같아요."

청년의 말을 들으면서 마음이 심란하고 기분이 착잡해졌다.

"형법은 그래도 쉬워요. 근데 민법이 방대하고 사례들이 복잡해서 힘들었어요. 그래도 잘 정리했으니까 무사히 패스할 거예요."

청년의 기억은 아직도 고시 공부할 때 그 시간으로 돌아가 고장 난 시계처럼 멈춰있었다.

"아, 공부하면서 스트레스를 받았는데 엄마가 저를 위해서 많이 챙겨주시는군요. 아저씨들, 고마워요."

가는 동안에 청년은 자신의 일상에 대한 이야기들을 끊임없이 늘어놓았다.

'정신병이 이런 거로구나.' 그동안 증상에 대한 말만 들었지 실제 접해보니 혼란스럽다기보다는 가슴이 아프고 안타까움이 더했다.

차는 어느덧 정신병원 가까이에 들어섰다. 갑자기 청년이 말을 끊었다. 길 위에 자욱한 매연 같은 무겁고 탁한 침묵이 이어졌다.

병원 가까이에 차가 들어서자 청년은 고개를 푹 수그렸다. 몇 번이
나 와봤기 때문에 정신병원인 줄 알아차린 듯했다.

청년이 고개를 숙인 채 말했다.

"사실은 저 이미 알고 있었어요. 제가 정신병원에 간다는 거 말이에요."

"저도 집에서 가족과 같이 있고 싶었지만 저를 자꾸만 가두어요.
제가 떼를 부리면 가족이 힘들어해요. 그래서 가는 거예요. 어쩔
수 없잖아요."

우리는 '아차' 싶었다. 이미 알고 있었다니, 이 청년은 벌써 사태를
파악하고 연극을 한 것이었다. 우리는 일순 무색해졌다.
죄수가 형 집행을 위하여 철장 안으로 들어가는 모습과 다르지 않
았다. 그는 자신의 처지와 운명을 예감하고 있었다. 피할 수 없어서
어떻게 할 수 없었고, 스스로 감당할 수 없는 운명의 끝자락에서 고
난을 받아들이기로 작정한 듯했다.
투박한 쇳소리를 내며 육중한 쇠문이 열렸다. 청년은 캄캄한 동굴
같은 병실 안으로 빨려들듯이 사라졌다. 촘촘하게 질러진 창살 사이
로 청년의 머리가 허공에 떠 있는 듯이 보였다. 나는 한동안 그 앞에

서 있었다.

왜, 꼭 가두어 놓고 치료를 해야 하나. 좀 더 환하고 쾌적한 분위기 속에서 대화를 나누며 치료할 공간을 찾아야 하지 않을까 하는 생각을 했다. 저렇게 명징하고 아무렇지도 않은데 왜 가두어 놓고 약을 먹여 재울까?

빛도 없는 침묵과 어둠의 공간, 대화도 없고 삶이 무의미해진 공간 속에서 청년은 희망이 아닌 절망을 응시할 것이다.

오는 길 내내 어수선하고 심란한 마음이었다. 청년의 슬픔어린 눈동자와 어머니의 절박한 눈빛이 교차되어 떠올랐다. 누구도 나무랄 수 없고 비난할 수 없었다. 모두가 고난의 길을 걸어가고 있는 아픈 동반자들이었다. 그런데 꼭 이렇게 해야만 할까?

그 심각한 의문은 끝내 가시지 않았다. 우리 아이가 아프기 전의 일이었다.

아직도 많은 정신장애인들이 폐쇄된 공간에서 지역사회로 나와서 누구 눈치도 안 보고 따스한 햇빛 속을 거닐며 자유롭게 살고 싶어한다. 그들의 소망은 절실하지만, 밋밋하고 단순한 일상의 단면에 불과하다.

그냥 똑같이 바라만 봐줄 수 있다면, 무심히 대해주고 웃어주었으면, 이야기를 들어주고 나눌 수만 있다면, 그 이상은 아무것도 바라지 않는다. 정신장애인들의 땅 딛는 기쁨도, 그들도 함께 살아가는 존재라는 것을, 알아주는 사회가 되었으면……. 우리 사회가 바로 그런 사회라면 얼마나 좋을까.

2.

...

고통을 연대하는 사람들

세월 속에 아픔은 아픔을 불러왔다. 그것들은 가족들의 울음소리였다.
그 영혼들의 울음소리는 떠가는 시간 속에 멈춰있었다.
그 고통은 가족만이 알 수 있었다.

정신장애인의 일자리

겨울이라지만 금세 개나리꽃이라도 와락 피어날 것 같은 따스한 날
씨였다. 또 한 가족의 안타깝고 가슴 아픈 이야기가 펼쳐질 것이라고
는 예견할 수 없었다.

경기도 포천의 야트막한 산속에 공중누각처럼 떠있는 테크노파크 타
운이다. 그 뒤로는 학교가 안온한 산자락 밑에 자리 잡고 있다. 테크
노파크 타운 4층에 개소 준비 중인 정신장애인 직업재활 시설에 갔다.
따스한 햇살이 유리창 위에 하얗게 부서진다. 〈공감과 연대〉 사회

복지법인에서 만든 정신장애인 작업장이다. 쇼핑백 제작 및 간단한 일회용품을 제작하여 납품하는 일이다. 이제 실내 공사가 완료되면 인근 정신장애인들이 찾아와서 일을 하게 될 것이다. 정신장애인들이 사회에서 홀로 설 수 있도록 일자리를 제공하는 것이다. 일종의 작업을 통한 치료와 자립을 돕는 것이다.

〈공감과 연대〉 이사장으로부터 작업장 설립 경위와 지방자치단체 지원책에 대한 설명을 들었다. 고립되고 소외된 정신장애인이 자립하고 일할 수 있는 작업장을 만들어주기 위해 고심하는 이들에게 한없이 고마움을 느꼈다.

얼마나 일을 하고 싶을까. 일할 수 있는 능력과 소질이 있음에도 이들이 일하는 곳은 극히 한정되어 있다. 장애인 의무고용 지원에도 이들은 신체장애인에 비해 턱없이 적은 일자리가 있을 뿐이다. 그나마 보잘 것 없는 일자리라도 얻으면 정부에서는 기초수급자일 경우 수급액에서 일정액을 감한다.

이들은 일자리를 얻어도 걱정이다. 정신장애인에게는 최저임금제 적용이 안 된다고 한다. 대부분 100만 원 미만의 소득이다. 그나마 소득이 있다는 이유로 수급액을 공제한다면 차라리 일을 안 하고 기초수급액을 받는 것과 별 차이가 없다. 국가는 왜 이들의 자립을 막는 것일까?

떨어지는 노을빛 눈물

오후에는 경기도에 있는 어느 도시 정신건강복지센터를 방문했다. 경기도 정신건강복지센터 가족대표단으로서 센터 소속 정신장애인 가족회가 활성화되고 모임이 탄탄해질 수 있도록 컨설팅을 해주기 위해서였다.

경기도 내에는 각 시 · 군 · 구에 기초 정신건강복지센터가 31개소가 있다. 작년부터 연천에서 안성까지 정신건강복지센터들을 거의 방문했다. 각 센터마다 조직되어 있는 정신장애인 가족들을 상대로 '정신건강가족교육'을 하기 위해서다. 우리는 그곳에 소속된 수많은 가족들을 만나고 그들이 겪고 있는 다양한 아픔들을 보았다.

정신장애를 가진 환자를 돌보느라고 애면글면 보낸 수십 년의 세월은 그들의 손과 얼굴에 계곡같이 깊게 패인 고랑을 남겼다. 정신의 아픔은 삶을 막막하게 했고 질환에서 장애로 굳어져 회복되지 않았다. 이제 만성질환자로서, 장애자로서 사회 부적응자가 되어버린 질환 당사자를 보면서 가족들은 우울과 체념의 늪에 빠져 있었다.

오랜 세월 동안 환자의 증상을 감수하고 돌봄에 지친 그들에게는 더 이상의 희망이나 기대감은 사라진 지 오래다. 바람에 패인 바위처럼 체념과 무감각 속에 살아가는 그들의 무표정한 얼굴을 볼 때 같은 가족으로서 가슴이 아팠다.

그곳 정신건강복지센터 가족회장이 나와서 반갑게 맞이해준다. 회장은 눈이 나빠서 나의 턱 밑에까지 얼굴을 대고서야 활짝 웃는다. 작년에 내가 강의할 때 시종일관 웃음과 고개를 끄덕이며 긍정적인 신호를 보내곤 했다.

그곳 센터에는 정신장애인 가족들이 겨우 4~5명에 불과했다. 센터의 가족들이 차츰차츰 노화로 인하여 사망하고 또는 체념하고 나오지 않는 까닭이었다. 가족들이 단합하여 주춧돌이 되어 정신장애자 복지 개선에 대해서 목소리를 내주어야 하건만 이런저런 사유로 자꾸만 무력하게 무너지는 모습이 안타까웠다.

잠시 후 동행한 경기도 가족대표와 센터 가족회장과 자리를 같이했다.

센터의 가족회장은 50세에 접어든 중년여성이다. 그녀는 남편이 조현병을 앓은 지가 수십 년이 되었다고 했다. 남편은 자기 손목의 정맥을 면도칼로 두 번이나 그어 자살을 시도했고, 툭하면 아내를 폭행하고 죽이겠다며 위협하기 일쑤였다고 했다.

가족회장은 예전에 남편이 둔기로 눈을 때려 시신경에 심각한 손상을 입었다고 했다. 지금도 끊임없는 남편의 협박과 폭행에 이제 더 이상 버틸 힘도 없다고 하였다. 정신병원에 입원시키려 해도 남편은 막무가내로 말을 듣지 않는다고 했다. 그녀는 붉게 상기된 볼을 타고 흐르는 눈물을 주체하지 못했다.

"나도 가슴이 답답하고 우울증 때문에 견딜 수가 없어요. 시도 때

도 없이 발생하는 남편의 폭력과 폭언에 지쳤어요. 내가 눈도 잘
안 보이는데 언제 남편이 날 죽일지도 모르겠어요."

태어나기 이전에 알지 못하는 어떤 잘못에 대해서 그 대가를 받는
것일까. 부부로 만나서 왜 이렇게 참혹한 고통을 주고받아야 할까.
정신질환자 가족으로 산다는 것이 얼음이 뒤덮인 산을 오르는 것처
럼 험난하기만 하다는 생각이 들었다.

내가 말했다.

"우리는 지금 한 사람의 감당할 수 없는 심각한 고통을 보고 있습
니다. 이 문제를 단순한 가정의 문제라고 보는 것은 우리의 양심
에 반합니다. 정신 질병으로 부터의 심각한 피해입니다. 우리는
뭔가 도울 방법을 찾아야 합니다. 그러나 우리는 무력합니다. 이
가정을 어떻게 하면 도울 수 있을지 방법을 생각해내지 않으면 안
됩니다."

회장에게는 27살 먹은 아들이 있고 근처 마트에서 일을 한다고 했
다. 남편은 아들에게는 어려워서 아내에게 대하듯 함부로 하지 않는
다고 했다.

"어머니의 심각한 고통에 아들이 참여하지 않으면 안 됩니다. 아
들은 그러할 의무가 있습니다. 이제 아들과 엄마가 함께 이 위기

를 극복해나가야 합니다. 아들과 협력하세요. 고통을 나누세요. 그리고 아들로 하여금 아버지를 설득시키게 하세요. 그 방법에 대해 도와드릴 수 있습니다."

아들과 상의하여 적당한 일자를 주면 우리는 다시 와서 어머니와 아들과 다 같이 가족상담을 진행하기로 했다.

회장은 수십 년 동안 그 누구에게도 이런 이야기를 하지 못했다며 격하게 흐느꼈다. 말할 수 없어서 말하지 못하고, 말하지 못해 더 아팠던 상처를 부여안고 살아온 그 세월이 얼마나 쓰라리고 힘들었을까. 아들은 또 얼마나 상처입고 괴로웠을까.

가족의 서러움과 고통은 가족이 안다. 나도 눈시울이 붉어지며 더 이상 말을 잇기가 어려웠다. 붉은 노을을 닮은 뺨을 타고 한 방울씩 떨어지는 통증의 눈물이 내 가슴에 간격 없이 스며들었다.

이들에 대한 참된 구원은 '나눔'과 '동참'이었다. 우리는 고통을 연대하는 사람들과 함께 아파함으로써 진실로 '하나'가 되는 것이다.

진정한 동참은 비를 맞고 있는 사람에게 우산을 건네주는 것이 아니라 같이 비를 맞는 것이라는 말을 기억한다. 공감을 통해 하나가 된다는 말은 나를 확장해서 당신과 같이한다는 의미다.

"타자의 고통에 응답함으로써 '새 인간'이 되는 것이 구원입니다. 무관심은 하느님이 세계로 들어오고 세계가 하느님에게 들어가는 문을 닫아버리는 것입니다."라는 프란치스코 교황의 어록이 머릿속에 맴돌았다.

오늘 또 한 사람, 가족의 고통을 보았다. 멸시와 주위의 싸늘한 시선을 받으며 음지에서 살아온 그들이다. 밖에서는 차별과 혐오로 움츠리고, 안에서는 헛것으로 시달리고 당해야 했다. 정신질환으로 인한 고통을 가족이 고스란히 몸으로 감내하고 있었다.

아무도 말하지 않고, 아무도 이들이 겪는 가혹한 시련에 대해서 눈길을 주지 않았다. 같은 정신장애인 가족으로서 우리가 해야 할 일은 바로 고통을 껴안고 아픔을 나누는 일이다.

3.

...

우리 모두 속이 시커먼 사람들만 모였군요

"하나밖에 없는 딸이 행정고시 1차 시험을 마치고 조현병에 걸렸어요."

텅 빈 딸의 방 안에는 딸의 거친 숨소리와 혼란 속 위태로운 통증의 파편들이
여기저기 부서져 내려앉아 있었다.

새까맣게 타버린 사람들

정신 질병의 치료는 환자와 보호자, 의사 간의 파트너십이 중요하
다. 증상과 치료계획에 대한 상담과 조언이 격의 없이 이루어지고 질
병에 대한 궁금증에 대해서도 허심탄회하게 의논할 수 있어야 한다.

그러나 우리나라 정신과 진료 상황은 의사와 환자 간에 충분한 상
담을 할 수 없는 시간적 제약이 있다. 그렇지 않은 경우도 있지만 대
부분 병원에서 의사와의 면담은 5분이나 10분 이내로 제한되기 마련
이다. 따라서 환자나 보호자는 의사로부터 충분한 의학적 설명을 듣
거나 치료를 위한 상담 시간이 부족하다. 그러한 공백을 메꾸기 위해

정신 진료 안내와 상담 및 회복을 위한 정보나 지식을 제공해주는 것이 정신건강복지센터의 주요 기능 중 하나다.

냉대와 차별 속에서 인권과 복지의 사각지대에 놓여 있던 정신장애자들 뒤에는 가족이 있었다. 치료와 회복, 경제적 지원까지 떠맡은 가족은 나약하고 시달렸다. 지속되는 고통스러운 삶은 견딜 수 없이 절망적이었다. 절망적인 현실의 운명은 삶을 절망적인 채로 방치할 수밖에 없는 구조 속에서 무력하게 무너져 내려야 하는 또 다른 운명과 나란히 하고 있었다. 함께 어울림을 허용하지 못하는 세상 속에서 가족은 시들어 고사되어갔다. 이들에 대한 정신건강 정보와 지식 제공은 법률상으로만 존재할 뿐 실제 서비스와 지원은 미미했다.

언제까지나 국가나 지방자치단체가 의무를 이행하라고 촉구할 수만은 없었다. 당사자인 가족 스스로가 정책모형 만들고 그 이행을 재촉할 수밖에 없었다. 그래서 〈찾아가는 정신건강가족교육〉 프로그램 안을 만들고 가족이 가족을 만나서 소통하였다.

지난 3년 동안에 걸쳐 수많은 정신장애인가족을 만났다. 내가 알지 못하는 가족들의 절절한 아픔과 시련을 상담을 통해서 알게 되었다.

혼란과 좌절을 반복하며 진정 살아있다는 감각을 느껴보지 못한 그들이다. 가늠할 수 없이 무너지는 하루하루가 얼마나 힘겹고 무거웠을까? 가시밭을 맨발로 걷는 듯한 그 세월을 어떻게 견뎌냈을까?

"강사님의 말씀은 구구절절이 옳지만은 현실은 그렇지 않습니다. 아들이 정신병원 입·퇴원을 반복하며 카드를 훔쳐 쓰고 집안을 엉망으로 만드는데 어떻게 하면 좋을까요?"

경기도 어느 도시에 갔을 때 한 가닥의 지푸라기라도 잡는 심정으로 매달리는 어느 가족의 눈물로 얼룩진 절박한 눈길을 잊을 수 없었다.

어느 정신건강복지센터에 갔을 때 아들이 정신질환으로 '엄마를 죽이겠다.'라고 하여 방문을 걸어 잠그고 잠을 자야 했다는 한 사연을 전하는 어느 가족의 이야기를 들었다. 내가 그들에게 해줄 시원한 이야기는 없었다.

"여러분이나 저나 모두 똑같은 가족입니다. 우리 모두 속이 시커 먼 사람들만 모였군요. 우리는 속이 새까맣게 타버리고 재만 남은 사람들이니까요."

"남들이 모르는 인고의 세월을 견뎌낸 여러분이야말로 진정한 희 생과 헌신을 경험한 아픔의 전사들입니다. 이제 우리 같이 고통을 나누고 함께 이야기합시다. 여러분은 그 누구도 겪지 않은 소중 하고 값진 체험을 한 사람들입니다. 저는 여러분의 고통에 기꺼이 동참할 것입니다."

나는 아이의 정신질환을 통해서 같은 아픔을 겪는 사람들이 많다는 것을 알았다.

정신질환을 통하여 가정에서도 충격과 더불어 삶의 새로운 국면을 맞이하게 된다. 정신질환은 당사자도 자제하지 못하는 혼란 속에서 자신은 물론 타인에게도 의도하지 않은 피해를 주기도 한다. 이로 인하여 지켜볼 수밖에 없는 가족까지도 어찌할 수 없는 상황에서 우울감과 무력감을 느끼게 된다.

정신질환은 가족과 환자와의 화목한 관계를 단절시키고, 그로 인한 좌절과 상실감이 온 가족에게 전이되어 한 가정의 질서가 무너지면서 다 같이 고통을 겪게 되는 것이 특징이다. 가족은 한 가정이 수수깡단처럼 부스러져 내릴 때 그 아픔을 감당해야 할 사람들이다.

온 가족이 협력하여 정신질환의 치료와 회복에 대한 목표를 세우고 실천하지 않으면 안 된다. 환자가 온전히 치유되어 가정생활의 평온을 되찾고 사회에서 자기역할을 찾아 살아나갈 수 있도록 도움을 줄 수 있는 방법을 찾아야 한다.

최후의 보루는 가정이다. 가정에서 회복되지 못하면 그 어디에서도 회복을 기대하기 어렵다. 한 사람의 생애에 빛을 찾아주는 일에 대한 공동책임이라는 인식을 갖고 무거운 짐을 어느 한 가족이 아닌 가족구성원이 분담해야 한다.

그러나 정신질환에 대한 기본적인 정보가 없는 가족은 캄캄한 암흑 속에서 막막한 허공을 더듬는 것처럼 헤맨다. 가족은 의지할 데가 없다. 의지하기는커녕 환자의 치유와 진로에 대해서 누구하고 상의해야 할지 암담하고 아득하기만 하다. 결국은 수십 년 동안 병을 치유하기 위해 모든 돈과 시간, 에너지를 다 써버리고 체념 속에서 무기력하게 되어 주저앉는 경우가 많다. 가족은 정신질환이라는 쉽게 풀지 못할 시련을 맞이하여 혼란과 방황 속에서 가족 간의 갈등을 겪기도 한다. 그만큼 질환 당사자의 회복은 더디 갈 수밖에 없다.

정신질환으로 인한 고통은 겪는 당사자가 아니면 쉽게 공감하고 체감될 수 없다. 정신질환의 아픔은 교감하고 소통하기가 쉽지 않다. 환자가 겪는 환영과 환각, 환청, 환시 등은 타인이 이해할 수 있는 영역 밖의 에피소드이기 때문에 더욱 그렇다.

가족이 환자를 이해하고 자립을 지원한다는 것이 말처럼 쉽지만은 않지만 정신질환에 대해 체계적으로 공부하고 노력한다면 원만한 치유에 크게 도움이 된다.

인정하고 싶지 않은 병

일전에 경기도정신건강복지센터 가족대표님과 함께 딸의 초기 정신질환 발병으로 극심한 고통을 겪고 있는 부부의 집을 방문하였다. 같은 아픔과 경험을 가진 가족으로서 가족을 돕기 위해서였다. 아버지는 딸아이의 정신질환 발병 과정과 입원에 대해서 한 시간 동안 이야기 했다.

딸은 27살로서 대학교에서 최상위 성적을 유지하면서 철학에 관심을 두고 그 분야에서 공부하기를 원했다고 한다. 그러나 아버지가 법원에서 오랫동안 근무했고 현재는 법무사로서 일을 하기 때문에 법조

계통으로 나아갈 것을 종용하였다고 한다. 고민 끝에 딸이 선택한 것은 행정고시였다. 3년을 공부한 끝에 행시 1차는 합격하였고 2차를 준비하던 중 이상 증세가 찾아왔다. 딸이 치과 치료를 받으면서 잘못 시공된 치료에 대해 불신을 갖고 스트레스를 받더니 급기야는 정신질환으로 발전하게 되었다고 했다.

책이나 기물 등을 닥치는 대로 집어던지는 난동 수준의 행동에 대해 속수무책이었고 결국은 정신병원에 입원시켜야만 했다고 한다.

딸은 2개월 뒤 퇴원하였으나 증상은 곧 재발했고, 정신병원 강제입원에 대한 트라우마로 밤중에 자고 있는 아버지와 어머니의 뺨을 때리면서 극도의 분노감을 표현했다고 한다. 그 이후 몇 번의 입원과 퇴원을 반복하였지만 이러한 사태에 대해서 해결의 실마리는 찾을 수 없고 불안과 고통만 더해갈 뿐이라며 자조 섞인 한숨을 쉬었다.

그들에게는 당장의 해결방안이 아니라 정신장애자 가족으로서 '질환의 수용'이 먼저 필요하다고 보았다.

나는 이렇게 말했다.

"이러한 일련의 과정은 우리가 겪어야 할 초기 단계입니다. 많은 정신장애인 가족들이 이러한 과정을 거쳐 왔습니다. 이제부터는 정신장애인 가족으로서 특별한 삶을 살아가야 합니다. 단단한 준비와 각오가 필요합니다. 왜냐하면 전혀 새로운 삶의 방식을 찾아서 만들어 가야 하기 때문입니다.

지금 우리가 겪고 있는 고통의 일차적인 원인은 왜 정신질환에 걸렸는가가 아니라 정신질환을 인정하지 못하는 것에 기인합니다.

딸과 부모는 아직도 정신질환이라는 생소하고 기이한 질병에 대해 부정적 의식만 갖고 있을 뿐 이 현실을 받아들일 준비가 되어 있지 않기 때문에 더 괴로운 것입니다. 이제부터는 인정하고 수용을 해야만 합니다."

"그리고 지금부터 배워야 합니다. 정신질환의 원인과 발병 이후 과정, 가족의 회복 지원, 사회적으로 독립하여 살아가기 위한 재활과 회복 과정, 정신건강 일반에 대해서도 공부를 하지 않으면 안 됩니다. 그 과정은 어쩌면 평생에 걸쳐 이루어지는 긴 여정일지 모릅니다."

나는 그들에게 정신질환에 대한 이해와 치료, 그리고 사회활동 기능을 되찾기 위한 재활과 회복을 위하여 가족이 무엇을 해야 할 것인지를 말해주었다.

그들은 고통에 대한 동참과 조언에 깊은 감사를 표했다. 그 누구에게도 말하기 힘든 고통을 이해해주고 그 고통에 대해 구체적으로 응답하며 방향성을 알려 주었다는 것에 커다란 위안을 얻고 각오를 새롭게 다졌다. 가족 간의 연결, 소통과 시련의 나눔은 그들을 새롭게 거듭나게 했다.

그 집을 나오면서 딸의 방을 잠시 들렀다. 행정법을 비롯한 각종 전문서적들이 책꽂이에 빼곡했다. 알 수 없는 메모지가 놓인 딸의 책상에 잠시 손을 대었다.

딸이 겪었을 고통과 애환, 환희, 슬픔의 덩어리가 고스란히 내 안에 전이되었다. 캄캄한 어둠 속에서 불면과 혼란으로 밤을 지새웠을 공포와 아득함이었다. 그것은 깨진 유리처럼 흩어진 푸른 꿈들의 어지러운 파편의 그림자들이었다.

아무런 지식과 정보도 없는 가족으로서는 막상 식구 중 누군가 정신질환에 걸리면 속수무책이다. 나 역시 그랬다. 혼란 속에서 초기 치료의 기회를 놓쳐 평생 정신장애자로서의 삶을 살아가게 만들 수 있다. 이것이 현실이라면 우리는 좀 더 적극적으로 그들의 목소리에 응답하고 대책을 마련해야 한다.

4.

...

한 번도 정신이 아파보지 않은 사람은 돌을 던져라

이 사회는 거대한 빙하 같았다. 차가운 시선과 냉대 속에서,
이 삶은 더 이상 삶이 아니었다. 어떤 어울림도 맺음도 가질 수 없었다.
이들에게는 어떤 미래도 없었다.

이들에게 꿈은 무엇일까

나는 3년째, 일주일에 한 번씩 정신장애인 자조(自助)모임에 참석
하곤 한다. 회원은 약 30명 정도이며 거의 정신장애인들이다. 그들
은 사회의 차가운 시선을 피해 정신건강복지센터 회의실이나 조용한
찻집에서 자기들만이 모여 커피나 음료수를 마시며 도란도란 이야기
한다. 검은 빗발이 내리치는 듯한 암흑 속에서 헤쳐 나온 과거에 대
해서 서로의 숨결을 섞으며 위안을 주고받기도 한다.

그들은 자신의 질병이 어떤 경로로 발병했고, 그때 당했던 굴욕과 잔
혹함, 슬픔, 절망, 고통에 대해서 이야기하고 서로의 경험을 공유한다.

"초기 정신질환이 발병했을 때 수용소 같은 곳에서 나를 밧줄로 묶고 구둣발길로 짓밟는 것 같아서 내가 죽어야 이 삶을 벗어날 수 있다고 느꼈어요."

"방 안의 선풍기 날개가 갑자기 튀어나와 칼날로 변하면서 저에게 달려드는 것 같을 때가 있어요. 그것이 착각인 줄은 알지만 감내하기가 힘들어요."

때로는 자신들을 둘러싸고 있는 사회적 편견과 혐오의 눈길에 대해서 분노감을 표출하기도 한다. 삭막하고 어두운 현실에서 자신들의 미래를 말하지는 않는다. 그들의 의지대로 이 사회를 살아나가기에는 그 장벽이 너무 높은 까닭일 것이다.

언론들은 정신질환자들의 범죄가 일어날 때마다 앞을 다투어 조현병에 대해서 언급한다. 정신병원이나 정신건강시설이 들어서려고 하면 주민들은 절대 반대를 외치며 시위를 한다. 범죄를 저지를 수 있는 위험한 조현병 환자들이 자기 지역에 들어오는 것을 막는 방어막을 치기도 한다. 주민들이 내걸은 현수막에는 이렇게 적혀 있다.

"우리 동네 정신병원이 웬 말이냐? 정신질환, 중독증 환자 물러가라!"

이토록 혐오폭력과 차별과 냉대가 뒤섞인 세계를 어떻게 견딜 수 있을까. 우리는 그들과 함께 살아갈 수는 없을까? 그들은 어떻게 삶을 살아내야 하는가.

이들이 인간다운 삶을 살아가야 한다면 어떤 꿈, 희망을 가져야 할까. 그것이 과연 가능할까?

사마리아 여인이 간통을 했다고 해서 뭇 사람들이 돌멩이를 던졌다. 그때 예수님이 말했다고 한다.

"너희 중에 누구든 죄 없는 사람은 돌을 던져라."

나도 이렇게 말하고 싶다.

"누구든 한 번도 정신이 아파보지 않은 사람은 돌을 던지세요."

그들은 때로는 문학모임을 갖고 수필이나 소설에서 공감할 만한 대목을 추려서 낭독하고 각자의 소감을 들으며 감상을 발표하기도 한다.

그들의 감성과 정서는 일반인보다 훨씬 더 풍부하고 다감하다. 그리고 천진하고 순수하기까지 하다.

"저, 요즘에 TV를 보기가 무서워요. 저 사람들 범죄가 우리하고 무슨 상관이 있죠? 왜 조현병이 다 범죄자인 것처럼 보도하죠?"

"길거리 다니기가 무서워요. 사람들이 다 쳐다보는 것 같아요. 가뜩이나 주눅들고 힘들어 죽겠는데……."

얼굴에 홍조를 띄고 답답함을 토로하기도 한다. 어떻게 말해주어야 할까. 나도 답답하기는 마찬가지였다.

정신장애인들이 힘들어 하는 것은 단지 정신적 망상이나 환청, 우울 등의 증상 때문이 아니다. 사회적으로 의미 있는 자기 일을 하지 못하고 고립되어 간다는 사실 때문에 스스로 변해버린 자신의 삶을 부정하고 비관한다는 것일 게다.

"나는 망상, 환청이 아니라 우리를 바라보는 사회적인 시선을 참아내는 것이 더 힘들었어요."

어느 장애회원은 풀기 없는 목소리로 혼자 말하듯이 중얼댔다.

나는 아이의 정신질환을 통해서 정신병의 특성은 단순한 개인적 질병으로 볼 것이 아니라는 사실을 알게 되었다. 주위와 사회의 인식과 편견이 곧 질환의 회복과 좌절로 연결되는 순환의 고리를 발견했다. 고립은 고립을 불러왔고 낙인은 낙인을 불러왔고, 고립은 낙인으로 낙인은 고립으로 서로 부르고 응답했다.

정신질환으로 인하여 생기는 환청, 망상 자체를 죄악시하고 혐오하는 사회적 분위기가 그들을 고립시키고 장애로 굳어지게 만든다는 사실을 깨달았다. 그것은 타협 없이 강고하게 응결된 현실의 그림자였다.

정신질환이 장애로 굳어질 것인가, 회복할 수 있는가는 주변 사람들의 시선에 달려 있었다. 정신적 혼란과 미로에 빠져 홀로 헤매며 구원의 빛을 찾아가고 있는 그들에게 따뜻한 시선과 위로의 말 한 마디가 그들에게 살아가는 힘이 될 수 있다.

정상, 비정상, 그 불가능한 정의들

환청과 망상, 불안, 우울 등 기분장애 증상은 인간이 가지고 있는 감성 유전자의 기본적 속성의 한 부분이 아닐까 생각한다. 정상인이라 할지라도 헛된 망상이나 순간적으로 환청과 환각을 경험할 때가 있다. 또한 안 좋은 일이 있거나 정신적 충격을 받을 때, 또는 극도로 기분이 저하되거나 우울, 불안 등으로 정상적인 업무를 수행하지 못할 때가 있다. 다만 증상이 일시적이기 때문에 우리는 그것을 정신 질병이라고 부르지 않는다.

정신질환의 진단 및 통계편람 제5판(DSM−5)에 의하면 정신질환은 그 증상이 얼마나 지속되는가에 따라 질병으로서 진단여부가 달라지기도 한다. 수많은 증상의 관찰에서 출발해서 사유의 종착점은 짧은 것은 정상이고 긴 것은 비정상이었다. 그 결론은 우리 시대가 내린 정의(定意)다.

무수히 펼쳐진 내면세계의 공간 속에서 긴 것과 짧은 것은 한데 섞여 있었고, 그것들은 꼬리를 물고 길기도 하고 짧기도 한 모습으로

탈바꿈했다. 과연 어디서 어디까지 정상일까? 그 불가능한 정의 속에서 구별과 편견은 상식 위에 군림하면서 차별과 배제의 질서를 만들었다. 마음의 병이 뇌로 전이된 것인지, 두뇌 이상이 마음의 병으로 이어지는 것인지, 원인과 결과가 모호하고 분별할 수 없었다.

그럼에도 마음의 병일 수도 있고 뇌의 병일 수도 있는 정신 질병은 어느 누군가에게만 오는 치명적인 질병이 아니라 어느 누구에게나 올 수 있는 현상이라는, 그것은 길게도 짧게도 올 수 있다는, 또는 수시로 바뀔 수 있다는 사실이 또렷이 다가온다.

정신의학적으로 보았을 때 정신질환의 1차적 치료 목표는 환각, 망상, 우울, 불안 등의 증상이 개선되거나 그 증상으로부터 벗어나는 것이 목표다. 조현병 환자 중 약물 복용으로 호전되는 비율이 10명 중 7명이라고 한다(세브란스 병원 안석균 교수 동영상 참조). 그러나 환자가 약물을 꾸준히 복용하고 자기관리를 잘 해서 증상이 사라졌다 해도 정신질환을 바라보는 사회의 시선이나 인식이 부정적이고 배척하는 풍조가 있다면 의학적 치료의 의미가 반감될 수 있다.

늘 타인의 시선을 의식하고 자기표현을 하지 못하는 그들이다. 정신 질병의 치유와 확산은 그 사회가 이 질병에 대해 얼마만큼의 포용력을 가질 수 있는가에 달려 있다.

정신 질병과 사회 환경은 불가분의 역학관계 속에서 회복과 좌절의 부침을 반복한다. 어쩌면 망상과 환청, 불안을 극복하고 사회 속에서 자신의 역할을 찾고 싶은 이들에게 있어서 장애는 개인적 질병이 아니라 이들의 사회 진입을 가로막는 '편견'이라는 장벽이 진짜 장애가 아닐까.

《소유냐 존재냐》 저자이며 사회 비평가인 에리히 프롬은 이렇게 말했다.

"가장 정상적인 사람들이야말로 가장 병들어 있는 사람들이다. 또한 병들어 있는 사람들은 가장 건강한 사람들이다. 어떤 사람이 병이 든다는 것은 그 사람 안에 있는 특정한 인간적 요소들이 아직 심하게 억압된 상태가 아니라는 사실을 보여주는 반증이며, 오히려 그렇기 때문에 표본적인 문화 형태와 갈등을 일으키고 있다는 것을 보여주는 현상이라고 할 수 있다."

크리스토퍼 레인은 《만들어진 우울증》에서 "오늘날 정신의학계에서는 수줍음, 자의식, 심지어 자기성찰까지 주요 정신장애로 바꾸어 놓았다."라고 말하고 있다.

오늘날에는 내성적인 사람들과 혼자 있으려는 성향 및 회피성 인격장애 성향까지도 '사회불안장애'로서 경증 정신질환자로 분류된다고 한다. 이렇게 된다면 인구 절반이 정신질환자로 분류되고 말 것이 아닌가 하는 생각이 든다.

사회규범에 맞는 정상적 사회생활의 기준은 무엇인지, 인간정신의 사회통념상 정상적인 사고범위가 어디까지인지 규정되지 않는 상황에서 정신질환 진단만 무수하다. 정신질환이 만연한 사회가 아닌가 싶다.

우리는 고민이나 정신적 아픔을 겪지 않고는 이 세상을 살아갈 수 없다. 그런 아픔을 겪지 않고 살아가는 것은 신의 영역일 것이다.

우리는 모두 정상이라는 착각 속에서 살고 있을 뿐, 우리가 가진 지식과 감성은 언제고 아무것도 아닌 것으로, 깨지고 지워질 수도 있는 유약한 것들이다. 우리는 이들을 언제까지 '정신질환자', '정신장애자'라는 명칭으로 불러야 할까?

5.

...

타인은 지옥이다

바람이 일 때마다 벌거벗은 나무처럼 차갑게 서 있었다.
그들은 아픔의 뼈대를 드러낸 채 어둠 속에서 떨고 있었다.
그 바람은 지옥의 입김 같은 것이었다.

그들은 나의 분신들이다

우리는 하루 일상 대부분을 타자와 접촉하면서 이어가고 있다. 우리는 늘 타인과 교감한다. 일상은 타인으로부터 시작되고 타인으로 마감된다.

타인의 시선에도 민감하게 반응하고 자신에 대한 타자의 반응에 촉각을 세운다. 때로는 두려움과 불안으로부터 나를 지키기 위한 나름의 방어기제를 발동하기도 한다. 우리는 타자의 시선에 민감하게 반응하고 끊임없이 감성과 생각을 교류한다. 때로는 자신을 바라보는 타자를 의식하고 마음에 촉각을 세우기도 한다.

누구나 이 세상 어디를 가도 인간관계를 완전히 피할 도리는 없다. 타인과 나의 관계 속에서 나의 의미와 존재감을 찾는 것이 우리들의 살아가는 모습이다. 그래서 인(人)이고 간(間)이다.

타인의 타인이 바로 나인데 타인은 항상 좋은 사람으로만 등장하지는 않는다. 사실 우리를 힘들고 지치게 하는 게 나와 멀리 떨어진 남이 아니라 가장 가까운 사람일 수 있다. 그럴 때 피로감을 느끼거나 아프게 마음의 상처를 입기도 한다.

"타인은 지옥이다." 프랑스 실존주의 철학자 장 폴 사르트르의 희곡 대사 중에 있는 말이다. 우리는 타인들이 우리를 판단하는 기준으로 자신을 판단한다는 의미다. 타인이 나의 자유를 제한하는 구속의 잣대로 등장할 때 타인은 지옥이 될 수 있을 것이다. 타인의 시선이 나의 의식에 영향을 미치기도 한다. 타인의 의식은 나의 의식인 셈이다. 우리는 타인과의 관계와 접촉 속에서 스스로를 규정짓고 새롭게 다시 태어나기도 한다.

남들이 이렇게 또는 저렇게 봐줄 때 나는 이렇게도 저렇게도 변할 수 있다. 타인은 지옥이라는 말의 정의는 어쩌면 나를 내 마음대로 욕구를 펼치게 하지 못하고 자유를 제한하는 타인의 시선이 곧 구속의 화살이라는 뜻일 것이다.

우린 때로는 남의 시선 때문에 자신의 욕구와 소신대로 행동하기가 어려운 경우도 있다. 그러다보면 자기의 약점과 아픔을 감추고 애써 태연한 듯 살아가기도 한다. 타인의 시선으로부터 나를 보호하기 위한 일종의 자기 방어라고 할 수 있다.

 정신적 아픔의 터널을 지나는 사람들은 숨기고 살아가기조차 무력하기만 하다. 자기낙인이라고 할까, 체념이라고 할까. 자신의 결함을 인정하고 체념과 순응으로 일관할 수밖에 없다. 사회적 터부에 대한 방어기제도 없고 대항할 힘도 없다. 그저 벌판을 걸어가는 죄수처럼 무저항으로 일관한다.

 그들은 오래전부터 풀잎처럼 흔들리며 살았다. 누구보다도 타인의 시선에 갇혀 사는 사람들이다. 어쩌면 "타인은 지옥이다."라는 말은 그들에게 더 어울리는 말일지도 모른다.

 사회에서 어울림과 화합을 허용하지 않는 시선은 그 자체로 억압이며 명백한 차별일 수 있다. 우리나라는 사회적 약자나 소수자에 대한 혐오 표현들이 난무하다. 장애인 복지시설이나 정신재활시설, 심지어 노인요양시설이 들어서려고 하면 인근 주민들은 극렬하게 반대했다.

 돌봄을 받아야 할 노약자나 장애당사자들이 어디서 어떻게 살아가야 할지 생각하는 사람들은 없었다. 그들의 삶의 터전을 반대할 명분으로 등장하는 주장은 곧잘 힘없는 장애인에 대한 혐오와 비하로 연결되곤 했다.

 당사자들은 고통에 가까운 거부감을 느꼈으나 무력했다. 지금도 장애자들에 대한 증오 선동과 배제, 폭력이 난무하다. 노출된 소수자, 개인 또는 집단에게 숨 막히는 고통을 안겨주는 혐오 표현은 실제 차별과 폭력으로 이어질 수 있고 우리사회를 파괴시키는 악습이다.

방송같이 공공성이 있고 영향력이 막대한 영역에서도 정신질환자들에 대한 혐오감을 줄 수 있는 사건들을 여과 없이 보도하기도 한다. 조현병이 있는 사람이 범죄를 저지르는 것이 아니라 범죄를 저지른 범인이 조현병이나 우울증을 앓았던 사람들이다. 특정 질병이 범죄로 이어진다는 도식은 근거 없고 위험천만하다.

어떤 범죄가 정신질환자의 소행이라는 식의 보도가 나오면 "나다니지 못하게 하라.", "병원에 가둬라."라는 식의 댓글이 수없이 달린다.

"불쾌할 정도가 아니고, 내가 그 범죄자가 된 기분도 들고요……. 숨고 싶고, 음……. 또 죽고 싶어요. 정신장애인의 범죄가 이토록 많은 세상이라면 내가 이 땅에서 누구한테 인정받겠어요? 차라리 죽고 말지. 정신병원 안도 감옥이고 바깥세상도 감옥이지요. 옛날의 간첩 관리하듯이 정신장애인을 관리하는 식이 되어버린 것이지요."

내 주위에도 많은 정신질환 당사자들이 비슷한 이야기를 하며 극심한 공포심과 불안으로 병세가 재발되어 다시 입원하기도 하였다. 그들의 정체성을 부정하고 기본적인 권리를 가진 주체로 인정하지 않겠다는 거친 목소리에 대항하지 못했다.

"정신병자는 집에 있어라. 왜 가족은 환자를 관리 안 하고 돌아다니게 만드느냐?"라며 비토를 하기도 한다. 이러한 현상이 왜 발생하는

지에 대해서는 생각하려 들지 않는다. 원인을 안 보고 결과만을 가지고 논하는 우리 사회의 통속적인 단면이다.

자신의 정체성을 송두리째 부정하는 말을 들어야 한다는 것. 그것은 당사자가 아니면 쉽게 상상하기 어려운 죽음 같은 고통이다. '타인은 지옥'이라는 사르트르의 말이 우리사회에서 고스란히 재현되고 있다.

불평등과 차별이 커갈수록 인간관계가 멀어지고 삭막해진다. 우리 사회에서 막말은 차별과 혐오, 편 가르기로 사람들을 끝없는 갈등과 절망적 상황으로 몰아넣는다.

우리가 가져야 할 덕목은 무엇일까. 타자와의 공존이고 관용의 정신이 아닐까?

소수자와 가난한 사람, 약자에 대한 혐오와 차별, 멸시, 증오, 선동은 우리가 극복해야 할 지옥이다.

나와 타자 사이, 이 편과 저 편은 서로 대립이 아닌 같이 살아가야 할 다양한 사회공동체 구성원들이다. 부모, 형제, 자매, 친구, 동료로서 그들은 '나'의 분신들이다. 타인은 더 이상 나의 자유를 제한하며 상처를 주는 존재가 되면 안 된다. 서로 다름을 인정하고, 다름을 존중하는 타인이 될 때 비로소 타인은 '지옥'이 아닌 '천국'으로 변할 것이다.

6.

...

내 아이의 떨리는 목소리

"바람에 많이 흔들려본 나무만이 굵고 튼튼하게 자라납니다."

"세상은 나를 포기할지 몰라도 하늘은 절대 포기하지 않습니다."

정신질환자 가족 배움공동체 '정신건강가족학교'

정신건강과 정신질환자 복지지원에 관한 특별법 〈정신건강증진 및 정신질환자 복지서비스 지원에 관한 법률〉 제40조에는 가족은 보호의무자로서 정신질환자를 적절히 치료받도록 노력하고, 다른 사람을 해치지 않도록 유의해야 하며, 보호하고 있는 환자를 유기해서는 아니 된다는 의무를 부과하고 있다. 제84조(벌칙)에 유기한 자는 5년 이하의 징역 또는 5천만 원 이하 벌금에 처하도록 규정하고 있다. 가족은 정신질환자를 평생 보호 관리해야 한다는 멍에를 짊어진 셈이다.

정신 질병에 관한 아무런 지식도, 정보도 없는 깜깜이 가족이 무엇을 안다고 해서 보호 의무자로서의 명령을 내렸을까? 악법도 법이라고 하지만 그 법은 지킬 수 있는 것이라야 했다. 법이라기보다는 가족에게 가혹한 형벌의 굴레를 뒤집어씌운 것이나 다름이 없다.

정신장애인 가족들은 알지 못해서 말할 수 없었고, 말할 수 있어도 냉대와 박해 속에서 말할 수 없었고, 그 말하지 못하는 고통을 아무도 알아주지 않아서 더 괴로웠다. 아픔의 그늘 속에 있는 가족에게 필요한 것은 강요가 아니라 고통의 나눔과 연대를 통한 거듭남이었다.

그래서 정신장애인 가족의 배움 공동체인 〈정신건강가족학교〉를 만들었다. 정신의료, 재활, 복지, 특수치료, 직업치료, 임상심리 전문가들을 초빙하여 질병의 치료와 회복, 사회적 역할 찾기 등에 대한 지식과 정보를 제공받고 가족끼리 토의와 학습을 하면서 새로운 삶의 방향을 모색했다.

정신건강가족학교를 개설한 지 3년째로 접어든다. 그동안 사회에서 공감받지 못한 시련과 역경, 고난의 그림자 속에 눌려있던 힘겨운 영혼들은 함께 모여 희망을 말하고, 공부했다. 세상은 차고 무심했지만 가족들은 따스하게 서로 감쌌다. 가족학교라는 배움의 공동체에서 희망의 빛을 보았고, 그 빛은 바람에 실려 가지 않을 것이라는 믿음을 굳혔다.

정신건강가족학교에서 정신장애 당사자들의 회복 경험 발표가 있었다. 우리 아이의 차례가 되었다.

"저는 조현병 환자입니다. 지금도 약을 먹지 않으면 손이 떨리고 가슴이 두근거리는 불안증세가 있습니다. 저는 지난 20년 동안 정신의 혼돈과 분열 속에 갇혀서 살아왔습니다. 항상 등줄기가 서늘할 정도로 무서웠고 이 세상에 혼자 내던져진 것처럼 외로웠습니다. 온통 세상이 공포영화처럼 무섭고 꿈인지 현실인지 분간도 안 돼서 괴로웠습니다.

눈을 뜨는 것도 싫었고 내가 사람이 아닌 한 마리의 짐승이 된 것 같은 느낌이었습니다. 나 스스로 가슴을 두드리기도 하고 맨손으로 벽을 긁기도 했습니다. 아무것도 모른 채 빠져들어 갔던 어둠의 굴속에 갇혀서 세상을 원망하기도 했습니다. 무엇보다도 갇혀 있다는 사실에 맥이 빠지고 살아가고 싶은 욕망이 일지가 않았습니다.

시간이 흐르면서 내 몸 속 저 밑바닥에서 이렇게 살아서는 안 된다는 목소리가 희미하게나마 들리기 시작했습니다. 운동을 해보자는 생각이 들었고 나도 이 세상에서 무언가 하고 싶은 일이 있다는 것이 무엇보다도 기뻤습니다. 그렇게 되기까지는 시간이 길었고 나를 지켜봐주고 돌봐준 가족과 주위 분들이 있어서 가능했던 것 같습니다.

이것은 분명히 하늘이 저의 영혼을 단련시키기 위해 내려준 시련이고 숙제였다고 생각합니다. 바람에 많이 흔들려본 나무만이 굵고 튼튼하게 자라납니다.

저는 시련을 견뎌낼 것이고 지금도 그 숙제를 풀어나가고 있습니다. 가장 중요했던 것은 꿈속에서 벗어나서 나를 찾는 노력을 포기하지 않는 것입니다. 그리고 하늘이 내게 준 사명을 잊지 않는 것입니다.

그 사명은 나의 경험을 전함으로써 마음이 아픈 많은 사람들에게 밝은 빛을 던져주고 그들이 삶을 다시 살아가게 해주는 것입니다. 세상은 나를 포기할지 몰라도 하늘은 절대 포기하지 않습니다. 감사합니다."

듣고 있던 가족들이 숙연해지면서 잠잠해졌다. 누군가 박수를 치자 모두 환호하며 박수를 쳤다. 뭇 사람들 앞에서 달변가였던 아이 할아버지의 모습을 다시 보았다. 저렇게 속이 깊고 명철한 아이가 얼마나 힘들었으면 입을 다물고 살았을까.

지금 다시 떠올려도 내 인생의 가장 짜릿한 영화 한 편을 보는 것 같다. 고통도 삭으면 거름이 될 것이고, 푸릇한 새순이 돋고, 꽃이 흐드러지게 필 것이다. 삶의 향기는 고통과 아픔 속에서 나온다는 사실을 다시 한 번 느꼈다. 내 삶의 극적인 반전은 아직 끝나지 않았다.

7.

...

이제 더 이상 힘들어하지 마

하얗게 뛰는 빛의 포물선 속에서 우리의 가능성을 보았다.
묵었던 무수한 아픔의 더께들이 서서히 지워져가고 있었다.
"이제 숨 쉴 수 있어. 두려워하지 말고 너 자신을 바라봐.
우리는 할 수 있어!"

따뜻한 겨울, 눈부시게 투명한 햇빛을 반사하는 둥근 지붕 아래 체육관이다. 정신장애인 및 가족, 정신건강 전문 요원들이 모두 함께하는 체육대회였다. 경기도 전역에서 각 정신건강복지센터와 재활기관, 회복시설, 공동생활가정들에 소속된 정신장애인과 가족들이 속속 몰려들었다.

경기도청 관계 공무원, 도의원, 정신과 의사, 정신건강 관련 시설 장들이 차례로 축사를 하였고 팡파르가 울리며 장애인들이 휠체어에 탄 채로 학이 날아가는 듯한 멋진 장애인 댄스 스포츠와 서예 퍼포먼스 축하 공연을 하였다.

이어서 경기도 내 각 센터, 재활시설 소속 정신장애인들이 소속팀을 표시한 겉옷을 입고 탁구 토너먼트 경기를 진행하였다. 한 편에서는 가족과 정신건강시설 요원들도 함께 공 던지기와 보치아, 쇼다운, 슐런 등 장애인 경기종목에 참여하며 시합을 벌였다.

체육관 옆 간이공간에서 식사를 마치고 오후에는 2부 탁구 남자단식, 여자단식, 혼합복식 준결승과 결승전이 이어졌다. 현란한 제스처와 함께 제비처럼 날랜 정신장애인 선수들의 눈부신 활약에 뜨거운 박수를 보냈다. 준결승전부터는 1점 차이로 이기고 지는 숨 막히는 경기에 혀를 차고 환호하는 관중들의 환성이 대회장을 뜨겁게 달구었다.

소외되고 차별과 배제로 억눌린 삶을 살아왔던 그들이었다. 우리는 그동안 정신장애인들에게 치료의 명분으로 그들의 삶을 지배해 왔었다. 그들은 늘 어둡고 후미진 곳에서 그림자처럼 살아야 했다. 다른 신체장애인들이 누리는 체육을 통한 신체의 활력과 즐거움마저 온전히 누리지 못했었다. 그들을 결박하고 있던 어둠의 고리에서 벗어난 얼굴에는 선명하게 생기가 돌았다.

박수치고 환호하며 선물꾸러미를 챙기며 나눠주고 기증받은 예쁜 털모자를 쓰면서 신나게 흔들었던 축제의 한 마당이었다. 정신장애 당사자들뿐 아니라 고통스럽고 힘든 역경을 견뎌낸 가족들과 정신건강복지 서비스를 제공하는 정신건강 요원들도 가릴 것 없이 함께 어울렸다. 어둡고 추웠던 터널을 지나서 혼자가 아닌 함께 가는 동반자들도 같이 뛰었다.

우리 경기도정신장애인가족대표단은 6개월 전부터 체육행사 진행을 준비하였다. 2019년 7월 '경기도정신장애인스포츠연맹'을 발족하고 장애인체육 경력인과 체육학과 교수, 관련 전문가들과 가족단체가 합쳐 이사회를 구성하였다. 그 해 체육대회를 진행해야 하는 비용을 조달하는 것이 쉽지 않았다. 몇몇 기업체를 찾아다니며 후원을 요청하였으나 정신장애인 체육이라는 생소한 분야에 대한 인식이 없어서인지 어려웠다. 체육 전문가들과 관계기관, 제약사들이 도움을 주어서 다행히 대회를 치를 수 있었다.

그동안 각 시·도에서는 자체적으로 정신건강복지센터나 정신건강 관련기관 및 협력단체에서 매년 나름대로의 정신장애인 체육대회를 개최하였다. 그러나 정신장애인 체육단체를 발족하고 경기 종목을 갖춰서 대한장애인체육회 산하 경기도 장애인체육회에 가맹신청을 한 예는 처음이었다.

우리의 목표는 정신장애인도 장애인 올림픽에 진출하여 당당하게 국제무대에 서는 것이다. 언젠가는 그들과 어깨를 나란히 하고 겨룰 수 있게 되는 날을 기대해본다. 이번 체육대회를 통해 탁구대 위에서 빛의 속도로 튀는 공의 포물선을 보면서 그 가능성을 찾았다.

이제 고단했던 삶의 짐에 억눌리지 않고 희망을 향해 자유를 찾아서 새로운 세계를 찾아 나가야 한다. 섬광처럼 번뜩이며 공중으로 치솟는 하얀 공속에 우리의 희망과 꿈을 담아서 날렸다.

이제 더 이상 힘들어하지 마. 우리 삶을 에워싼 그 많은 가시 같은 것들을 다 걷어내 버려. 두려워하지 말고 너 자신을 바라봐.

그들은 갇혀 살았지만 그들의 가슴에 있는 온기는 사그라지지 않는다. 관계 속에서 숨을 내쉴 수 있는 공간을 찾아내야 한다.

연푸른색 생기 있는 빛으로 새롭게 태어나는 회복공동체의 이야기는 또 하나의 감동이고 가능성이었다. 붉은 노을이 짙은 구름 틈새에서 비추는 햇살은 찬란했다.

3부

아픔을 넘어 세상 속으로

제5장

우리가 함께 생각해봐야 할 이야기

1.

...

우리가 바꾸어야 할 생각들

누구에게만 있는 특별한 외로움이 아니고,
어느 한 사람에게만 주어지는 고통이 아니라고,
그들은 단지 나와 다를 뿐,
영혼의 주파수가 다를 수도 있다고……,

우리 모두는 꽃처럼 활짝 피어나고 싶다

오랜 세월 동안 아이의 정신적 고통을 지켜보면서 정신질환자에 대한 사회의 편견과 잘못된 인식이 뿌리 깊다는 것을 알게 되었다.

조현병은 뇌 호르몬 분비의 부조화로 인한 사고체계의 혼란을 겪는 병이다. 그 증상들이 무슨 정신 이상일까? 정신은 그 사람의 마음이고, 영혼(spirit) 그 자체라고 하지 않는가? 한 사람의 영혼이 상하고 잘못됐다는 판정은 누가 하는 것일까? 조현병이 마치 다중인격장애나 사이코패스 같은 반사회적 성격장애로 인식되고 이렇게 굳어진 생각들은 정신질환으로 인한 범죄가 발생할 때마다 날개를 달고 사회적 이슈를 촉발시키면서 환자와 가족들을 옥죄어 왔다.

'정신'이라는 개념의 혼돈이고 질병에 대한 무지일 수 있다. 정작 혼돈을 겪고 있는 것은 그들이 아니고 우리가 아닌가 하는 생각이 든다. 어떻게 육체적 뇌 질환이 마치 한 사람의 정체성과 인격, 윤리, 도덕까지 마비된 관점으로 보고 '정신이상자', '정신질환자', '정신장애자'라는 명칭으로 불리울 수 있을까. 일본만 하더라도 통합실조증(統合失調症)이라고 부르고 있고, 홍콩에서는 사각실조증(思覺失調症)이라고 칭한다. 서구나 선진국에서는 조현병 환자들에게 '정신'이나 '장애'라는 명칭을 부여하지 않는 것은 의미심장하다.

내가 그의 이름을 불러주었을 때

그는 나에게 와서

꽃이 되었다

내가 그의 이름을 불러준 것처럼

나의 이 빛깔과 향기에 알맞은

누가 나의 이름을 불러다오.

…중략…

우리들은 모두

무엇이 되고 싶다.

나는 너에게 너는 나에게

잊혀지지 않는 하나의 의미가 되고 싶다.

김춘수 시인의 〈꽃〉이라는 시의 한 구절이다. 어떠한 사물이나 형상에 대해 이름을 부여함으로써 그 의미를 가진 존재가 되고 서로 관계 맺기를 한다고 한다. 이름은 존재의 의미를 규정짓고 정체성을 만든다. 우리 모두는 불러주는 이름을 통해서 그 무엇이 되고 싶은 꽃 같은 존재들이다.

우리나라에서는 '정신질환자'와 '정신장애인'을 법률용어로 채택하였다. 바라보는 일반인들도 조현병 환자들을 마치 정신 체계가 이상이 있는 범죄를 저지를 수 있는 사람으로 취급하였고, 정신의 비정상을 일컫는 그 이름들은 사회의 낙인이 되었고, 그 낙인은 자기낙인이 되어 또 다른 낙인을 불러왔다. 부풀려진 낙인은 환자들에게 심각한 심리적, 정서적 붕괴를 불러오는 악순환을 거듭했다. 누구도 원치 않았던 이름이다. 이제는 명칭을 바꾸어야 되지 않을까.

하나의 '이름' 속에는 생각의 틀과 마음의 눈이 담겨 있다. 바라보는 시선을 달리 할 때 바로 설 수 있는 사람들이 있다. 관점을 바꿀 때 비로소 세상과 우주가 새로운 날개를 달고 우리 앞에 다가올 것이다.

그들은 관리대상이 아니라 함께 살아나가야 할 사람들이다

과거 제5공화국 시절에 정신장애인들을 부랑아들과 같은 범주에 놓고 사회에서 격리시켜야 할 대상으로 보고 이들을 일제 수용할 계획을 세우려 한 적이 있었다고 한다. 이들을 사회에서 분리해 따로 관리하기 위한 근거 법령을 만들어야 했다. 전염병예방법처럼 치료를 위한다는 명목 또는 범죄예방을 위한 특별조치라는 구실로 거리의 부랑아나 거지, 연고 없는 정신장애인들을 잡아들여 집단수용하는 내용을 골자로 한 법이었다.

당시 일부 정신의료인들과 인권운동가들이 반대하여 정부와 협의를 거듭한 끝에 1995년에 이르러 정신질환자들의 강제입원과 입, 퇴원 규정 및 인권과 복지 등을 규정한 '정신보건법'을 제정하기에 이르렀다고 한다.

아직도 정신질환자들을 수용 위주의 '관리'라는 표현을 종종 볼 수 있다. '정신질환자 관리실태 강화 방안'이라든가 '정신질환자 관리를 강화한다'라는 식의 문구들이다. 정부나 복지 관계당국에서 통용되는 문건은 과거 국민을 지배했던 독재정권에서나 사용했을 법한 표현을 거리낌없이 사용하고 있다.

병을 관리해야 한다는 표현은 타당하지만 사람을 관리한다는 표현은 어불성설이다. 포로수용소나 피난민처럼 관리한다면 누가 누구를 관리하고 통제, 지배할 수 있다는 말인가? 그들은 환자이기 이전에 한 사람의 인격체로서 존중받아야 하고 관리가 아닌 돌봄이 필요한 사람들이다. 그들은 차별받지 않고 동등한 대우를 받을 권리가 있다. 아직도 이와 같은 지배적이고 위계적인 속성을 가진 용어 사용에 대해 우려스럽기만 하다. 노인 치매처럼 정신장애인 돌봄도 공적 가치로 보고 국가는 이들의 돌봄을 지원해야 하는 것이 마땅하지 않을까.

어떻게 하면 수용, 통제, 관리가 상식인 것처럼 통용되는 사회에서 '돌봄'을 강조하는 성숙한 사회로 이동할 수 있을까? 우리는 왜 사람들을 관리해야 한다고 생각하는 걸까? 그들은 관리가 아닌 돌봄이 필요한 사람들인데……. 인간 존중의 사념(思念)과 실천은 역사 위에 있다. 이제 말할 수 있어야 한다. 그것은 차별과 불공정이라고.

아픔을 아픔이라고 말할 수 없는 사회

"우리가 세상에 나가서 일을 할 수 있을까요? 아마 정신질환 경력이 있다고 해서 써주지도 않을 거예요. 보험도 안 들어 주잖아요? 일을 하고 싶어도 할 수가 없어요."

우리나라는 정신질환자를 심신미약자, 심신박약자와 같은 범주로 보고 자격증 취득제한 규정을 두고 있다. 제한 자격증은 영양사, 요양보호사 등 27개에 달한다. 최근 사회복지사업법은 정신장애인을 사회복지사 자격 결격 대상으로 추가하였다. 완치된 정신장애인들에게조차도 직업을 가질 기회를 원천적으로 봉쇄한 것이다. 또한 정신질환을 가진 경력이 있거나 질환을 가진 사람은 민간보험 가입이 제한된다. 정신적 질병이 있는데도 정신과에 가기를 꺼려하는 사람들, 그래서 비싼 비급여 치료비를 내면서 몰래 치료를 받는 사람들, 무엇이 문제일까?

정신이 아프고 우울해서 세상 살기도 힘들어지는데 바라보는 눈길조차 차갑기만 하다. 이렇게 되면 정말 살고 싶지 않은 세상이다. 아파도 아프다고 떳떳이 말할 수 없는 사회, 그래서 더 가슴이 타고 병이 깊어지는 사람들…….

그들의 소리 없는 울음소리가 자욱하다. 그들에게는 천지에 외로움과 공허함만 가득하고 온 세상은 추수가 끝나 텅 비어 있는 들판처럼 황량하고 외롭다.

이 어둡고 쓸쓸하고 아픈 삶을 어떻게 감당할 수 있을 것인가. 누가 이들의 아픔을 말해줄까. 제발, 죽지만 않았으면……. 살기 싫다고 말하지 마. 그럼에도 불구하고 이 삶을 껴안아봐. 삶은 사는 게 아니라, 살아내는 거라고.

살아있는 것들은 모두 함께 살아간다. 들과 산에는 헤아릴 수 없이 많은 들풀과 나무들이 산다. 쭉 뻗은 보기 좋은 나무만이 살지 않는다. 구부러진 나무, 갈라진 나무, 넝쿨과 잡초들, 취나물, 버섯류도 함께 살아간다. 우리도 그렇게 함께 살아가는 것이 아닐까. 아니 더불어 그렇게 살아가야 한다.

인간은 살아가면서 누군가로부터 돌봄과 도움을 주고받으면서 살아가는 존재일 수밖에 없기에 아프고 쓰러진 사람을 위로해주는 따뜻한 이웃이 되었으면 좋겠다. 외로움이야말로 뼛속까지 사무치게 생채기를 내고 의식까지 질식시키는 독약이라고 할 수 있다. 외로움은 따뜻한 관심과 사랑으로만 녹여낼 수 있을 것이다.

우리는 어쩌면 차별이 일상화된 이기심의 정글 속에서 살고 있지는 않은지. 그 속에서 뒤쳐진 많은 사람들의 죽음이 일상화 되어가고 있다. 정신이 아픈 사람들의 차별과 불공정을 말한다면 아무도 호응해 주지 않을 것이라는 우려 속에서 모두 잠자코 있는 것 같다.

차가움을 알아보는 눈은 따뜻한 눈을 가진 자에게만 간직되어 있는 법이라는데 이 사회가 차갑다고 말할 수 있는 따뜻한 사람들이 많았으면 하는 바람이다.

2.

...

이제는 정말 달라져야 합니다

화려한 경제성장 속에 가려진 정신건강, 언제까지 쉬쉬할 것인지.
이제는 드러내놓고 말해야 되지 않을까?
아이의 아픔을 통해서 세상을 보았다.
영혼의 빈터에서, 질식되어 가는 그들의 정신은 어디로 갈까.

고통 받는 사람들, 좌절하는 사람들, 망각된 사람들

"우울증에 빠진 대한민국, 국민 절반이 스트레스 적신호"
"폭주하는 조현병 사건, 어떻게 할 것인가"

언론 기사에서 봤음직한 익숙한 표제들이다. 가끔 정신질환자의 범죄
가 일어나면 언론들은 체증을 토해내듯이 일제히 정신질환과 정신건강에
대한 기사를 다룬다. 그리고 잠잠해지면 언제 그랬냐는 듯 까마득하게
잊는다. 제기된 문제나 추진해야 할 정책 구상은 수면 아래로 잠긴다.

일전에 60대 여성 A씨가 한 집에 살던 정신질환을 앓는 30대 딸을

흉기로 살해하고 경찰에 자수했다는 보도가 있었다. A씨는 "딸이 오랫동안 정신질환을 앓아 힘들었다."라고 토로했다는 언론보도였다.

짤막하게 다뤄진 이 기사는 주기적으로 반복되는 사건사고의 보도였다. 분석이나 논평은 없었다. 딸을 죽인 어머니의 비정을 탓해야 할까. 그럴 수밖에 없었던 사회구조를 탓해야 할까. 정신질환이라는 반복되는 특별한 불행에 대해 구원은 없었고 모두 외면했다. 혼자서 안간힘을 쓰며 이 삶을 살아내기 위해서 무던히 버텼을 터인데…….

파국으로 끝난 이들 모녀의 참혹한 결말은 어디서 기원하는 것인지, 한 길 건너면 지옥이고, 두 길 건너면 죽음일 수 있는, 구원되지 못하고 오스스한 한기 속에 갇혀 있는 사람들, 어디 이들뿐일까?

지금도 도처에 정신질환으로 인한 크고 작은 사회적 문제가 발생하지만 아무도 말하지 않는다. 이러한 사건들을 보도하고 인식개선과 서비스, 이런 거 촉구한다면 철 지난 계절에 맞지 않은 옷을 걸친 것처럼 해묵은 이야기일 것이라며 함구하고 있다. 침묵은 침묵 위에 굳어갔고, 그 침묵들은 관행이 되어 형상 없는 견고한 벽이 되었다.

언제부터인가 우리 주위에는 마음이 우울하다고, 그래서 마음이 아프다고, 정상적인 사회생활을 하기가 힘들다고, 신음 같은 목소리들을 듣는다. 아무렇지도 않은 듯, 가면 속에서 자기 그림자를 숨기며 떠다니는 불쌍한 영혼들의 안식처는 어디일까?

우울증이나 정신질환이 마치 마음의 감기인 것처럼 누구든지 한 번

정도 걸릴 수 있는 유행병 같은 것인데도 사회의 시선은 비수가 되어 그들의 어깨를 파고들었다. "문제가 있는 사람이라고……." 모두 그렇게 보았다. 그래서 차갑다고, 아프다고 말할 수 없었고, 그래서 더 힘들었을 사람들이다.

청소년, 사업가, 연예인, 정치가 등의 극단적 선택, 죽음, 그들 뒤에는 만장(輓章)처럼 '우울증'이란 말이 그들의 죽음을 덮고 있다. 그 수식어는 주검을 둘러친 병풍처럼 정신건강의 심각성을 가렸다. 그리고 잊을 만하면 또 다른 유명인의 자살 소식이 전해졌다. 그래서 '자살'이라는 말이 거슬리고 싫다고 거부감이 덜한 '극단적 선택'이라는 엷은 커튼으로 죽음을 가렸다. 용어만 바꾼다고 해서 해결될 문제는 아닌 것 같은데…….

우리는 왜 원인을 보지 못하고 결과에만 매달릴까

정신 질병이나 우울증을 앓는 사람들, 살아서는 그 사실이 알려질 경우 받아야 할 불이익 때문에 침묵했고 죽은 다음에는 죽었기 때문에 침묵했다. 문제의 요인은 덮어두고 질식되어 갔다. 문제를 직시하지 못하는 사회 구조는 늘 정신건강의 결핍을 불렀고 그것은 또 다른 죽음으로 이어졌다. 개인의 정신건강을 악화시키는 요인은 정신적 심리적 요인뿐 아니라 사회구조적·사회문화적 요인들도 있다는 담론들은 속절없이 떠다녔고 고사되어 흩어졌다.

혹간 언론에서 우리나라 정신건강 문제점에 대해서 지적하고 원인과 대책에 대해서 보도를 하긴 했었다. 정치권이나 정부에서 정신건강 문제는 관심 밖이었다. 예산 주기가 아까울 정도로 늘 후순위에 놓았고 터무니없이 적게 주었다.

결과적 현상인 자살을 방지하기 위해 상담, 예방 캠페인 등 홍보에 주력했다. 자살의 원인보다는 자살자 수를 줄이기 위해 고심했다. 정책 당국자들에게는 원인보다는 결과가 더 중요했다.

세계 최고의 청소년 자살률, 청소년 자살원인이 학업성적, 진로, 인간관계라고 언론이 지적했다. 중앙자살예방센터 자료에 의하면 10세~20세 청소년 자살 동기는 1위 정신적, 정신과적 문제, 2위 가정문제, 3위 기타문제라고 했다. 그 말이 그 말일 것인데 에둘러 돌려서 말해야 했던 이유는 무엇 때문일까?

오로지 성적만을 지나치게 중시하고 관용과 인성을 가르치지 않는 교육제도, 능력을 서열화 시키는 사회구조, 공부만을 강요하고 억압하는 가정과 사회 분위기가 그 주범이라고 말하지 못했다.

지금도 자살예방을 위해서 청소년층과 자살 고위험군을 대상으로 상담, 캠페인, 교육 등 수고스러운 노력을 기울이는 분들이 있다. 그들의 노력이 퇴색되지 않기 위해서 우리 사회의 고질적, 구조적 원인에 대한 처방도 병행해야 하지 않을까. 자살을 할 수밖에 없게 만드는 원인인 사회 조건, 제도에 대해서 생각해봐야 한다.

자살의 원인은 몇 가지 상징적 키워드인 경제적, 정신적, 신체노화

순으로 단정해 버리고 모든 문제를 덮었다. 그렇게 단순한 문제들로 자살할 것 같으면 국민 3분의 1은 자살해야 하지 않을까. '자살은 사회적 사실이다.'라고 말한 프랑스 사회학자 에밀 뒤르켐의 말이 새삼 떠오른다. 젊디젊은 나이에, 꽃다운 청춘기에, 채 피어나지 않은 연약하고 투명한 감성을 가진 청소년들이 왜 죽었을까. 좀 더 가깝게 들여다볼 수는 없을까. 누가 죽었을까?

우울증이나 기분장애, 조울증, 조현병 등 질병은, 병을 고치면 될 것이라고, 치료만 잘 하면 될 것이라고, 그래서 당사자 책임이라고……. 누구의 의도일까. 숨 막히는 사회와 사회적 죽음의 진실을 애써 가리고 투명한 사회, 미래가 건강한 밝은 사회라고 외치는 그 사람들은 누구일까.

"정신이 아프다고, 그래서 살기 힘들다고, 이 세상이 무섭다고……." 부스러져서 떨어지는 영혼의 목소리는 누가 들어줄까?

"네가 노력하지 않아서 그래. 네 문제가 뭔지 생각해봐." 이 말이 정답처럼 회자되었다.

조현병 역시 '개인증상'으로만 보았다. 그래서 고치기에 급급했다. 치료와 더불어 회복 처방도 같이 가야 한다는 사실을 몰랐고, 알아도 그렇게 할 수 없었다. 정부는 이들을 사회 위험분자로 보고 격리하고 관리하기 바빴다.

증상이 개선되고 치료가 되었던 사람들, 병이 재발하여 입·퇴원을
반복하는 사람들, 평생을 집에 갇혀 있는 사람들, 이들은 사회에서
자기 역할을 수행하지 못하고 결국 병의 재발이라는 종착점에서 소
실점으로 사라졌다. 지금도 피어보지 못하고 꺾인 무수한 꽃망울들
이 스러지고 있다.

우리는 무엇을 보아야 할까

우리나라 정신병원이나 정신요양원에 입원 중인 환자가 9만여 명이
고 평균 재원 기간이 200일이 넘어간다고 했다. 더욱이 입원이나 입
소한 환자 중 절반 이상이 50대가 넘은 사람들이란다. ―정신의료기
관 연간 평균 재원 기간: 215일(2017년), 정신의료기관과 정신요양원
병상 수: 95,019개(2017년), 보건복지부 통계자료 ―
병원, 시설이 천국이고 사회는 지옥이라는 말이 틀린 말은 아닐 것
이다. 이들에게는 감금일까, 수용일까. 정말로 두려운 것은 새장 안
일까, 바깥세상일까. 거친 바다와 같은 사회는 나갈 수 없고 집이나
병원이 차라리 나았다. 그것이 감옥이라고 해도……. 그것은 넘어설
수 없는 차가운 절벽이었다. 그것도 삶이라고 말할 수 있을까.

정신장애인의 자살률은 해마다 인구 10만 명당 207.6명으로 전체

인구의 경우 10만 명당 25.6명, 장애인의 경우 10만 명당 66.8명보다도 현저하게 높다고 했다. ― 중앙정신건강복지사업단 2016년 기준 자료 ― 이는 전체인구의 8.1배이고 기타 장애인의 3.1배에 해당하는 수치다. 자살하는 이 많은 사람들을 누구의 책임일까? 이들의 죽음을 순전히 개인의 질병 탓으로 돌려야 할까?

정신건강의 진실을 더 이상 숨기지 말자. 우리가 바라봐야 할 것은 세로토닌, 도파민이 아니라 숨기고 덮었던 '사회적 죽음'의 진실이다. 우리는 이러한 현상들을 그저 속수무책으로 바라봐야 할까.

이렇게 묻고 싶다.

"대한민국, 지금 어디로 가고 있습니까?"

최근에는 우리나라도 정신 질병을 겪는 한 개인의 자립과 재기(recovery)를 위한 다양한 시도로 치료뿐 아니라 개인의 삶의 질을 개선하는 방향으로 가야 한다는 목소리가 높다. 목소리는 드높았으나 공허했고 메아리는 없었다. 늘 그들만의 이야기였다.

정신의료원이나 요양시설에 입원한 많은 정신질환자들을 장기수용이 아닌 단기입원으로 끝내야 한다고, 그들이 지역사회에서 삶을 살아갈 수 있도록 돕는 방향으로 가야 한다고, 그러나 당국에서는 치료만 시키면 된다고, 그렇게 하면 될 것이라고 외쳤다.

병원과 요양원에서 끝내 재기하지 못하고 아물지 않은 상처들만 가득한 저 영혼들, 하늘나라로 가서 그토록 쓰라린 가슴으로 살았다고 말해야 할까. 갇혀있는 수많은 사람들, 고사되어 떨어지는 수많은 꽃 이파리들, 무엇이 문제일까? 지금도 갇혀 있는 영혼의 편린들이, 떨어진 무수한 꽃잎들이. 어지러이 허공을 날고 있다.

우리는 그동안 고도의 경제성장으로 국민소득을 올렸다. 우리는 개인의 희생을 딛고 쌓아올렸던 성장과 성과 위주의 탑 위에 위태롭게 올라 서있다. 정신은 고갈되었고 빨간불이 켜진 정신건강은 화려한 경제성장의 그늘 속으로 묻혀갔다. 지금도 그렇게 가고 있다.

한적한 시골길도 달려보아야 하고, 계곡 사이 오솔길도 걸어봐야 하며 구불텅한 비포장 길도 가면서 꽃도 보고 사람도 보아야 하는데, 아스팔트로 포장된 고속도로만을 무한 질주할 때, 우리 삶에 '과속'이라는 경고등이 켜질 수 있다. 우리가 걱정해야 할 것들이다.

정신질환,
특별한 그들의 이야기가 아닌 우리 생활 속 이야기

정신질환이 특별한 누군가의 이야기가 아니라고,
그것이 더 이상 남의 이야기만은 아니라고 생각할 때
우리 사회는 보다 밝아질 수 있다.

우리는 올바른 생각만 하고 사는가?

사람은 누구나 환한 꽃처럼 드러내고 싶어 한다. 사람은 혼자 태어
나고 혼자 떠나야 하지만 누군가가 한 번이라도 자신을 인정해주고
따뜻하게 바라보았으면 움츠리며 살 일은 없을 것이다.

삶이란 정답이 없고 늘 애매하고 불안하다. 어떻게 사는 것이 정상
일까. 정상이나 비정상이란 기준도 사람이 만든 것인데 정신의 아픔
으로 인해 비정상으로 취급되고 인정받지 못해 사회의 변방으로 밀
려나 그림자처럼 살아나갈 수밖에 없는 삶의 구조를 보았다.

그들은 단지 아픈 사람일 텐데 버려진 물건처럼 함부로 취급되어서는 안 된다는 생각을 했다. 그들은 특별한 사람이 아니라 우리 생활 속의 평범한 사람이고, 어느 한 사람에게만 주어지는 유별난 고통이나 슬픔을 갖고 있는 것은 아니었다. 미세한 감성과 수많은 변수를 지닌 인간이기 때문에 그럴 수 있었던 우리들의 이야기였다.

올바른 생각이 아니라고? 인간은 올바른 생각만을 하고 살고 있을까?
우리는 때로는 망상과 환영 속에서 망각된 영혼의 빛을 찾기도 한다.

망상은 정신의 양식이 되기도 한다. 그것이 무슨 잘못일까? 무한한 상상 속에 우리의 미래가 펄떡거리며 다가온다. 그것이 망상이라 할지라도.

우리는 살아가면서 스트레스를 받기도 하고 때로는 까닭 없는 공허감 속에서 우울해지기도 한다. 그럴 때는 누군가로부터 위안을 받고 싶어 한다. 고민을 토로하고 내 마음을 알아줄 사람을 찾기도 한다. 그러나 결국 혼자 가야 하는 우리의 영혼은 어차피 외로울 수밖에 없다. 생애의 마지막까지 서로의 온기로 딱딱한 삶을 녹여갈 수밖에 없다. 그게 인간인데…….

우리 주변에는 도움 받지 못해 한 걸음 건너 고통이 기다리고 또 한 걸음 건너 절망이 기다리고 있는 인생을 살아가는 사람도 있다. 도움이 필요할 때 청할 친구, 이웃이 있는가에 대한 질문에 있다고 응답하는 사람이 OECD 26개국 평균 88%에 달하는데 한국은 72%에 불과하다고 한다. —《아픈 사회를 넘어》 저자 조병희 외—

10명 중에서 3명은 주변에 아무도 자신을 도와줄 사람이 없다고 생각하는 것이다. 내가 누군가로부터 인정받지 못하고 내 주위에 아무도 없을 때, 태초의 광막한 벌판 위에 홀로 서 있는 듯한 고독감을 느낄 수 있다. 사회관계에서 멀어지고 만나는 사람이 거의 없다는 것은 산소를 마시지 못하고 죽어가는 물고기처럼 영혼을 질식시킨다.

안녕하지 못한 사람들

우리나라는 전체 국민 중 약 25%가 정신질환을 앓는 경험이 있는 것으로 조사되었다. — 평생 동안 한 가지 이상의 정신질환을 앓는 경험이 있는 비율: 25.4%(한국보건사회연구원 2018년 자료) —

우울감, 외로움, 불안, 불면 등 정신질환은 이제 특별한 사람들의 이야기가 아니다. 이 시대를 살아가는 우리 모두의 생활 속 일상적인 이야기이다. 마음이 아프고 힘들 때 도움을 요청할 사람이 없어 고립된 섬처럼 버려진 사람들도 이제 더 이상 유별난 사람이 아니다. 우리 주위에 스트레스와 우울, 불안으로 누군가의 도움이 필요한 사람들이 늘어가고 있다.

세계보건기구는 건강에 대해 '신체적, 정신적, 사회적으로 안녕한 상태'라고 정의하고 있다. 그렇다면 우리의 현실은 어떠할까. 지금 우리 사회는 그 어느 때보다 물질적으로는 풍요를 누리고 있지만 정신적 빈곤과 정신건강의 위기는 심각하다고 한다.

어찌 보면 총체적인 정신건강의 위기라고 볼 수 있다. 가벼운 감기만 걸려도 병원을 찾고 몸 건강을 위해 헬스클럽에서 땀 흘리며 운동하지만 정신건강의 문제에 대해서는 인식조차 못하는 사람들이 너무도 많다. 갈수록 마음이 아프고 고립된 사람들이 늘어나고 있다.

정신이 황폐해지고 사람과의 관계가 메마를 때 물질적 만족에서 느끼는 행복감보다 더 큰 불행이 다가올 수 있다. 남의 불행이 곧 내 불행으로 다가올 수 있다. 우리가 주위 사람들에게 관심을 두지 않고 나만의 성공을 위하여 매진할 때 정작 외로워질 수 있고, 어느 시기에 빈 호수에 홀로 우는 학처럼 고독해질 수 있을지도 모른다.

인간의 감각과 사고는 눈에 보이는 것들과 보이지 않는 것들의 교감으로 서로 느낌을 주고받는다. 우리는 본능적으로 연대하고, 상호작용을 하며 소통한다. 우리는 열린 마음으로 존재의 목소리에 귀를 기울일 수 있는 기본적 감성이 있다.

사람들은 꽃 한 송이, 여린 잎에서 위로받기도 하고 말 한 마디에 행복해질 수 있다. 때로는 거센 폭풍 속에서 바다를 넘나드는 새처럼 우리의 영혼은 바람에 흔들린다.

우리는 운명의 바람 속에서 흩날리고 부대끼면서도 타인과의 교감을 통해 생의 강한 충동이나 가슴 벅찬 환희를 느낀다. 우리는 서로를 바라보고 해사하게 웃는 코스모스 같은 존재들이다.

우리 주위에 꺾인 꽃처럼 상처를 입고 좌절한 사람들이 있지는 않은지 한 번 정도는 돌아볼 필요가 있다. 정신 질병보다는 사람들의 눈길과 관심 속에서 멀어진다는 자체가 지극한 고통인데, 치유될 수 없는 환경 속에서 슬픔을 억누르며 사는 사람들이 있다. 나 역시 아이의 아픔으로 긴 세월 동안 가시 박힌 듯한 아픔 속에서 세상을 의식하면서 살아가야만 했다.

타인이 나와 다름을 인정하고 존중해줄 때, 화합하고 소통할 때, 삶의 만족감을 높이고 행복감을 늘릴 수 있다고 한다. 그렇게 함으로써 개인의 정신건강뿐 아니라 모두가 바라는 웰빙 사회가 우리 앞에 다가올 수 있을 것이다.

진정한 웰빙은 나 혼자만의 건강과 균형이 아니라 더불어 잘 살아가는 것이라는데, 나만의 행복이 아닌 수용과 관용으로 타인에 대한 배려와 존중의 문화를 만들어 가는 사회가 되었으면 하는 바람이다. 아이의 조현병을 통해서 가슴 아팠던 것은 그늘 속에서 살아갈 수밖에 없는 타자의 아픔과 삶의 갈망이었고, 그리웠던 것은 이들을 포용할 수 있는 따뜻한 세상이었다.

인간의 정신과 육체는 부스러지기 쉬운 갈대에 불과하지만 흔들리기 쉬운 그 연약함으로 인해 오히려 드러나지 않는 영혼의 존재가 더 숭고하지 않을까 생각했다. 정신의 아픔으로 신음하고 있는 사람들이 빛을 찾아 갈 수 있도록 도움의 손길을 주었으면 하는 생각이 간절했다.

혼란과 고통의 시간 속에서 자신의 영혼이 구원되기를 절실하게 바라고 있을 이들에게 관심을 갖고 배려할 때 우리는 진정 아름답고 차원 높은 삶의 향기를 간직하고 살아갈 수 있을 것이다.

참고문헌

〈사피엔스〉 유발 하라리, 김영사, 2018

〈아픈 사회를 넘어서〉 조병희 외, 21세기북스, 2020

〈최고의 변화는 어디서 시작되는가〉 벤저민 하다, 비즈니스북스, 2018

〈고통의 시대, 자비를 생각한다〉 서공석, 분도출판사, 2016

〈그대, 바람에 스치다〉 이경은, 뮤진트라, 2013

〈불현듯 살아야겠다고 중얼거렸다〉 이외수, 해냄, 2019

〈사는 보람의 창조〉 아이다 후미히코, 자유문학사, 2005

〈소유냐 존재냐〉 에리히 프롬, 까치, 2020

〈만들어진 우울증〉 크리스토퍼 레인, 한겨레출판, 2009